선생님이 좋아서,
선생님이 되었습니다

선생님이 좋아서, 선생님이 되었습니다

01년생 유치원 교사로 살며 배우고 성장한다는 것

초 판 1쇄 2024년 04월 02일

지은이 박세은
펴낸이 류종렬

펴낸곳 미다스북스
본부장 임종익
편집장 이다경
책임진행 김가영, 윤가희, 이예나, 안채원, 김요섭, 임인영, 권유정

등록 2001년 3월 21일 제2001-000040호
주소 서울시 마포구 양화로 133 서교타워 711호
전화 02) 322-7802~3
팩스 02) 6007-1845
블로그 http://blog.naver.com/midasbooks
전자주소 midasbooks@hanmail.net
페이스북 https://www.facebook.com/midasbooks425
인스타그램 https://www.instagram/midasbooks

ⓒ 박세은, 미다스북스 2024, *Printed in Korea*.

ISBN 979-11-6910-570-5 03810

값 19,000원

🏃 **미다스북스**는 다음세대에게 필요한 지혜와 교양을 생각합니다.

01년생 유치원 교사로 살며 배우고 성장한다는 것

선생님이 좋아서,
선생님이 되었습니다

박세은 지음

미다스북스

추천사

어떤 교육이 좋은 교육일까? 좋은 교사는 어떤 모습일까? 대학에서 4년간 교육학을 전공하며 늘 고민했다. 이 책에는 아이의 마음을 어떻게 알아줘야 하는지, 아이를 변화시키기 위해서는 무엇이 필요한지에 대한 해답이 고스란히 담겨 있다. 일과 행복 사이에서 고민하는 현직 교사와 학부모 모두 꼭 읽었으면 하는 책이다. 특별히 교사를 꿈꾸는 예비 교사에게도 추천한다.

– 연세대학교 교육학 학사, '나다움스쿨' 대표
최영원

유치원 교사가 작가가 되다!
– '나'와의 인터뷰

알쏭달쏭 아이의 마음, 어떻게 알 수 있을까?

'저 사람은 어떤 환경에서 살아왔을까?'
'부모는 어떤 사람일까?'
'무엇을 보고 배우며 자랐을까?'

많은 사람을 만나며 고민했습니다.

우리는 긍정적인 영향을 주는 사람과 부정적인 영향을 주는 사람을 모두 만납니다. 말을 함부로 하거나, 듣는 사람마저도 눈을 찡그리게 할 정도로 비난하는 사람을 만나기도 합니다.

성경에 "네 이웃을 네 몸과 같이 사랑하라."라는 메시지가 있습니다. 이웃을 내 몸과 같이 사랑하려면 그들의 삶을 들여다보고, 용서하고, 이해해야 합니다. 이를 위해서는 '사랑'이 필요합니다.

'사랑'의 시작은 어디인지 생각해 보니 결국 어린 시절에 원인이 있다는 것을 알게 되었습니다.

'어렸을 때 양육자에게 받은 영향이겠구나.'

그때 사람들에게 사랑을 많이 나눠 주어야겠다고 다짐하였습니다. 습관이 잘 형성되어야 하는 영유아기에 충분한 사랑을 받으면 건강한 어른이 될 수 있습니다. 이런 생각을 통해 유아교육에 관심을 갖게 되었습니다.

다른 사람의 어린 시절에 대해 생각하며, 저의 어린 시절도 떠올릴 수 있었습니다. 어렸을 때 받았던 사랑, 경험을 많은 사람에게 나눠 주고 싶은 마음에 책을 쓰게 되었습니다.

유아교육에서는 저경력 교사이지만, 나름 청소년 때부터 아이들을 교육하는 일을 하였습니다. 경험을 바탕으로 아이들과 상호작용을 어떻게 해야 하는지, 알 수 없는 아이의 마음을 어떻게 이해하고 대화할 수 있는지를 공유하고 싶었습니다.

어렸을 때 사랑만 받고 자랐나요?

조금 밝고 긍정적인 느낌으로 책을 쓰고 싶었습니다. 부정적인 의미가 담긴 글은 읽는 사람도 지치게 하기 마련이니까요. 본격적으로 책의 페이지를 넘기기에 앞서 꼭 전하고 싶은 메시지가 있습니다.

'저는 어렸을 때 사랑만 받고 자라지 않았습니다.'
아픈 날도 있었고 상처 난 부분이 사랑으로 채워지기도 했습니다. 결국, 사랑만 받아서 성장하고 성숙해진 것이 아니라는 의미입니다. 상처나 본 적이 있어서 어떻게 하면 다치지 않을 수 있을지, 다른 사람을 어떻게 도와줄 수 있을지 생각했습니다. 어렸을 때 참 많은 아픔이 있었지만, 감사한 것은 그만큼 사랑을 받았습니다. 이 책에서는 제가 받았던 사랑의 이야기를 전하는 부분이 있습니다. 이를 통해 여러분이 받았던 사랑을 떠올려 보는 시간을 가졌으면 좋겠습니다.

책에는 아이들과 함께한 에피소드가 담겨 있습니다. 상황에 맞는 상호 작용 방법도 함께 제시되어 있습니다. 단지 제 생각일 뿐, 꼭 그렇게 하라는 의미는 아닙니다. 아이들과 상호작용에 어려움을 느끼시는 분들을 위해 저의 방법을 공유하는 것입니다.

저경력 교사들은 많은 도움의 손길이 필요합니다. 처음이라서 어떻게 해야 할지 모르는 단계이죠. 내가 과연 좋은 선생님인가 끊임없이 고민하고 눈물이 나기도 합니다. 그런 분들에게 잘하고 있다고, 충분히 좋은 선생님이라고 말씀드리고 싶네요!

저도 아직은 더 많은 경험이 필요하고, 교육에 대해 더 알아가야 하는 새내기 교사입니다. 아예 경험이 없는 사람들에게 적은 경력이지만, 조금이라도 도움이 되고자 진솔한 마음을 담은 글을 쓰게 되었습니다.

'좋은 교사란 무엇일까?'

좋은 교사란 건강한 사람이라는 생각이 들었습니다. 힘들고 어려운 상황 속에서도 자기의 자리를 지키고 아이들에게 따뜻한 사랑을 나눠 줄 수 있는 사람.

 어떻게 하면 아이들에게 적절한 지원을 해 줄 수 있을지, 더 좋은 환경을 만들어 줄 수 있을지 끊임없이 고민하고 연구하는 건강한 생각을 하는 사람. 그런 존재가 되기 위해 퇴근한 후에는 독서하며 생각을 정리하는 시간을 가졌습니다. 그날 있었던 일을 떠올리며, 다음에는 어떻게 하면 좋을까 고민하였습니다. 아이들이 건강하게 성장할 수 있도록 하는 방법에는 스스로 할 수 있는 능력을 길러 주는 것이 있습니다.

 저는 아이들의 질문에 거의 항상 역질문합니다. 어렸을 때 스스로 할 수 있는 자조 능력을 키워 주어야 한다고 생각합니다. 기회를 주는 것이죠.

 비록 몸은 작고 나이는 어리지만, 그 아이들도 소중한 인격체입니다. 그래서 아이들의 생각을 듣고 존중해야 합니다. 참새처럼 짹짹거리는 사랑스러운 모습을 보며 궁금한 것에 대해 어떻게 생각하는지 의견을 들어 보고 싶기도 합니다. '좋은 교사'란 알아도 모르는 척, 잘하지만 못하는 척하는 사람입니다. 그러나 그 속에서도 항상 사랑이 있어야 합니다. 책에는 에피소드와 함께 교사의 이야기가 나옵니다. 01년생 유치원 교사의 이야기를 통해 여러분이 생각하시는 교사에 대한 그림을 잘 그려 보았으면 좋겠습니다.

교사는 '나'에 대해 알아 갈 수 있는 좋은 직업입니다. 나에 대해 생각한다는 것은 우리의 삶에 있어서 아주 중요합니다. 아이들은 교사에게 관심이 많습니다.

"선생님 몇 살이에요?"
"선생님도 가족이 있어요?"
"선생님은 뭐 좋아해요?"
"선생님, 저는 메로나 좋아하는데, 무슨 아이스크림 좋아해요?"

이렇게 단순하고 간단한 질문부터…….

"선생님은 어렸을 때 꿈이 뭐였어요?"
"선생님처럼 많은 것을 잘하려면 어떻게 해야 해요?"

조금 더 깊이 있게 생각할 수 있는 질문을 하기도 합니다. 그럴 때마다 저는 온전히 저에 대해 생각하는 시간을 갖습니다. 그래서 '교사'는 가르치고 알려 주기 위해 이전에 몇 발짝 더 앞서가 있는 존재라고 하나 봅니다. 잘 알고 있어야 물음에 대답해 줄 수 있으니까요.

저는 유치원 교사를 꿈꾸는 사람들에게 이렇게 말합니다.

"유치원 교사가 되면 매우 바쁘고 정신이 없지만, 그래도 퇴근 후에 자기가 하고 싶은 것을 마음껏 하세요."

아이들이 좋아하는 놀이를 하고, 자기의 생각을 다른 사람과 나누는 것처럼 유아 교사에게도 꼭 필요한 과정입니다.

바쁜 삶이라 할 시간이 없다고 쉬고 싶다며 힘든 것을 구석에 방치하고 열어 보지 않기도 합니다. 그러나 이는 오히려 힘든 마음을 점점 더 커지게 합니다. 상처가 났을 때 바로 약을 바르는 것과 시간이 지난 후에 약을 바르는 것에는 큰 차이가 있습니다. 그만큼 자기 자신의 삶을 돌아보고 집중하는 시간은 우리를 건강하게 합니다.

많은 사람이 건강한 삶을 살고, 아름다운 사랑을 하기를 바랍니다.
그리고 좋은 것들이 아이들에게 잘 흘러가기를 바랍니다.
교사가 행복해야, 아이들이 행복합니다.
부모가 활짝 웃는 모습을 보이면, 아이들도 활짝 웃습니다.

목 차

4장 모든 것은 사랑에서 시작된다

5장 마음을 읽음으로써의 변화

1장

어년생
유치원 교사가
되기로 한 이유

（ 1 ）

처음부터 교사를
하고 싶은 생각은 없었다

꿈은 언제 정해지는 걸까?

사람들은 어린 시절에 다양한 꿈을 꾼다. 주로 만화에 나오는 영웅이
되거나 멋있어 보이는 것을 하기 원한다. 피아노를 좋아하고 잘 치고 싶
어서 피아니스트, 악당을 물리치는 멋진 영웅, 아픈 것을 낫게 도와주는
의사나 간호사. 아이들은 눈을 반짝이며 꿈을 꾼다.

'나는 나중에 ○○가 될 거야.'

어렸을 때부터 유치원 교사를 하면 잘할 것 같다는 말을 많이 들었다.
동네 아이들을 잘 놀아 줘서 그런가? 시간이 될 때 놀이터로 뛰어나갔

다. 부모님들이 편히 쉴 수 있도록 아파트 곳곳에 있는 아이들을 찾아 함께 놀았다. 마치 피리 부는 사나이처럼 말이다. 그래서 길을 가다가 어른을 만나면 늘 아는 사람이었다. 동네 아이들과 함께 노는 것이 좋았던 나는 유치원 교사라는 직업에 대해 '한번 해 볼 만하지 않을까?'라는 생각을 하기도 했다.

동그랗고 초롱초롱한 눈, 지나가다가 동네 언니들에게 귀엽다고 꼬집히던 발그레한 두 볼을 가진 아이. '어른이 되면 무엇이 되고 싶어?'라는 질문에 '유치원 교사'는 없었다. 그런데 나는 지금 유치원 교사다. 아이들을 놀아 주는 것을 좋아하지만 직업으로까지 연결하고 싶은 생각은 없었다. 어렸을 때는 해 봐도 좋겠다고 생각했지만, 에너지가 넘치는 모습을 보며 점점 '과연 내가 할 수 있을까? 원하는 게 맞는 걸까?'에 대해 신중히 고민했다. 유치원 교사보다 더 하고 싶은 꿈이 있었기 때문에 딱히 많은 관심을 두지는 않았다. 나는 어떻게 유치원 교사를 하게 되었을까? 유치원 교사가 되고 싶었던 이유는 어린 시절의 영향이 크다.

우리의 삶에서 사랑을 받는 경험은 정말 중요하다. 그것이 어린 시절이라면 더욱! 다른 사람에게 받은 따뜻한 사랑이 삶의 원동력이 되기 때문이다. 우리는 넓은 초원 같은 삶 속에서 다양한 상황을 마주한다. 오아시스 같은 좋은 일이 있지만, 정글의 이리저리 엉켜 있는 나뭇가지처럼 힘들게 하는 것도 있다. 후자일 때 나는 그동안 받은 따뜻한 사랑을 생각한다. 내가 얼마나 가치 있는 존재인지, 사랑받아야 마땅한 존재인지 생각한다. 이 세상을 살아가는 이유에 대해 생각하다 보면, 힘든 시기도 무사히 잘 넘길 수 있게 된다. 시간이 지나면 무뎌지고, 결국 '경험'이 된다. 어린 시절에 흘러 들어와 스펀지처럼 흡수된 '사랑'은 사회생활을 원만하게 할 수 있도록 도와준다. 사랑이 인간관계에서 신뢰로 이어지는 것이다.

모든 사람이 태어날 때부터 자라는 과정에서 많은 사랑을 받으면 좋겠지만, 그렇지 못하는 경우가 있다. 요즘 가족끼리 감정 표현을 건강하게 하지 못해서 벌어지는 문제가 많이 발생한다. 같은 핏줄임에도 폭행 등 사건 사고가 자주 일어난다. 뉴스를 통해 이런 소식을 알게 되면 안타까운 마음이 든다. 공통점이 무엇일까? '사랑'이 부족해서라고 생각한다. 눈을 크게 뜨고 주변을 바라보면, 사랑이 필요한 사람이 꽤 많다는 것을 알 수 있다. 어쩌면 가장 가까운 사람임에도 알아차리지 못할 때가 있을 것이다.

영유아기는 습관이 '형성'되는 시기이다. 즉, '과정'이라는 것이다. 어른보다 융통성 있게 변화에 바로 적응한다. 세월이 흐르면서 점점 나이가 들면 바로 변화하는 게 쉽지 않다. 신기하게도 사람은 좋은 것보다 안 좋은 것을 습득하는 능력이 좋다. 이미 들어 버린 안 좋은 습관을 바꾸기가 생각보다 어렵다. 그래서 어릴 때 좋은 것을 자주 보고 자랐으면 좋겠다고 생각했다. 어린이들 삶의 한 페이지를 사랑으로 가득 채워 넣어 주고 싶은 마음에 유치원 선생님이 되고 싶었다.

지역아동센터에서 봉사하며 아이들에게 사랑과 관심을 주고 싶은 생각이 더욱 강하게 들었다. 중학생 때부터 고등학생 때까지 꾸준히 봉사하였다. 대학생 때는 한국장학재단에서 주관하는 '대학생 청소년 교육 지원 사업(대청교)'을 지역아동센터에서 하게 되었다. (쉽게 '근로'라고 생각하면 된다.)

지역아동센터에서 다양한 유형의 아이들을 만났다. 아이들을 보며 어린 시절의 교육이 정말 중요하다는 생각이 들었다. 스스로를 잘 알고 건강하게 표현하는 아이가 있는 반면에 그렇지 않은 아이가 있었다. 험한 말을 사용하고, 화가 날 때 말보다는 행동으로 표출하였다. 교사에게 폭언하는 아이, 자신의 속마음을 말하지 않고 묵묵부답하는 유형도 있었다. 서로 다른 아이들의 모습을 보며 그들의 부모님은 유아기에 교육을 어떻게 하셨을지 궁금했다.

아이는 잘못이 없다. 아이와 가장 많은 교류를 하는 사람은 엄마다. 그리고 아빠의 영향도 받는다. 이처럼 아이는 양육자에게 많은 영향을 받는다. 특히 어른. 그래서 아이의 행동 원인은 이들에게 있다고 생각한다. 양육자에게 책임이 있다.

'아이들을 지금보다 더 어린 시절에 만났더라면, 사랑을 아낌없이 주고 잘 돌봐 주었을 텐데.'

지역아동센터에서 봉사하며 이런 생각을 많이 하였다. 그러다 문득 '어린아이들의 삶 속에서 한 페이지의 존재가 되어 볼까?'라는 생각이 들었다. 아동기의 아이들을 만나는 것보다 습관 형성이 덜 된, 더 빠른 시기인 유아기의 아이들과 함께하고 싶었다. 아동기 때 좋지 않은 습관을 개선하기보다는 유아기에 긍정적인 습관을 들이거나 좋은 경험을 하는 것이 더 중요하기 때문이다. 그렇게 나는 '한번 해 봐도 좋겠는데?'라는 퍼즐 조각이 맞춰져서 유아교육과에 입학하였고, 유치원 교사가 되었다.

대학에서 전공(유아교육)을 공부하며 '어떻게 하면 아이에게 적합한 교육을 할 수 있을까?'에 대해 끊임없이 고민했다. 모두 같은 방법을 적용하기에는 서로 너무 달랐다.

영어와 수학을 개별적으로 지도하면서 아이와 1:1로 상호작용하는 시간이 많았다. 덕분에 특성이나 성격을 금방 파악할 수 있었다. 그리고 아이가 잘하는 점과 보완해야 할 점도 알 수 있었다. 아이의 마음 아픈 부분을 자주 마주하며, 나도 모르게 '양육자가 충분한 사랑을 주었을까?'라는 생각을 하였다. 지역아동센터에서 마주한 상황 모두가 값진 경험이다. 경험과 전공을 연결하여 더욱 유아교육에 관심을 갖게 되었다.

사람은 누구나 어린 시절이 있다. 따뜻한 추억이 있으면 그것을 마음에 잘 간직한다. 그런데 참 웃을 수도, 울 수도 없게 따뜻했던 순간보다는 마음 아팠던 날이 더 잘 남는다. 상처를 지우려고 해도 이미 금이 가서 지울 수가 없는 것이다. 상처가 있는 사람에게는 '사랑'이라는 약을 주고 싶다. 아픈 부분이 나을 수 있도록. 더는 마음이 다치지 않게 단단하게 무장할 수 있도록 말이다. 나도 누군가로부터 상처를 받았고 사랑을 받았으니까. 상처로 무너지기도 하고 사랑 덕분에 다시 일어서기도 하니까.

늘 꿈꾸는 사람이
되고 싶습니다 ☺

2

유치원에 다시 가고 싶어요

"유치원에 다시 가고 싶어요!"

초등학생 시절, 내가 좋아하는 유치원 선생님 앞에서 늘 하던 말이다.
선생님은 피식 웃으시면서 이유를 궁금해하셨다.

"유치원에 가면 유치원 엄마가 있잖아요! 선생님은 엄마처럼 따뜻하고
좋아요!"

'유치원 엄마'.

사람들은 이 단어를 떠올렸을 때 어떤 느낌이 들까?

'집에만 엄마가 있는 게 아니라, 유치원에도 엄마가 있다고?'

'엄마'는 아이를 보호하고, 양육하고, 교육하는 사람이다. 실수해도, 남들이 뭐라고 해도 품어 줄 수 있는 사람. 잘못한 것을 단호하지만 부드럽게 알려 주고, 잘하는 것을 아낌없이 칭찬해 줄 수 있는 사람. '엄마'라는 단어를 보면 가장 먼저 든든하다는 느낌이 든다.

어린 시절을 떠올려 보자. 어린이집이나 유치원을 다녔다면 어떤 기억이 아직 남아 있는지 생각해 보자. 유치원에서 받은 따뜻한 사랑이 깊이 남아서 유치원 선생님이 되고 싶은 사람이 있을 것이다. 이러한 이유로 내 주변에는 유치원 교사라는 꿈을 가진 사람이 많다. 나도 그렇다. 오랫동안 선생님의 따뜻한 사랑을 간직했다. 그런데 왜 유치원 교사를 '엄마 선생님', '유치원 엄마'라고 할까?

요즘 맞벌이 부부가 점점 늘면서 어린이집이나 유치원에 오랜 시간 동안 머무른다. 그만큼 교사와 함께하는 시간이 많다. 어떤 아이는 바쁜 부모님으로부터 받지 못하는 관심과 사랑을 유치원에서 받고 싶은 마음이 조금이라도 있을 것이다. 선생님의 품이 너무 편안해서 더 안기고 싶고, 내 이야기를 하나라도 더 들어 주었으면 하는 마음. 순수한 마음이 초롱

초롱한 눈빛에서 드러난다.

5시 이후에 돌봄 할 때 한 아이가 나에게 와서 이렇게 말했다.

"선생님, 저 선생님이랑 이야기하고 싶어요."

원래부터 대화하는 것을 좋아하는 아이일까? 아니면 누군가와 대화가 필요한 아이일까?

유치원 교사는 사랑과 관심을 주는 존재이다. 아이는 사랑과 관심을 교사로부터 채우고 싶어 한다. 교사에게 안정감을 느끼는 아이들은 졸업한 이후에도 유치원 선생님이 보고 싶어서 찾아오기도 한다.

나도 어렸을 때 유치원 선생님의 따뜻한 사랑을 많이 받고 자라서, 어른이 되면 선생님 같은 사람이 되어야겠다고 다짐했다. 이사를 하기 전인 초등학교 4학년 때까지는 유치원 선생님을 뵈러 찾아갔다. 지금 근무하는 곳에서도 담임 선생님을 뵙기 위해 유치원으로 오는 아이들을 보았다. 그 순간 나의 어린 시절의 모습이 떠올랐다.

일곱 살 때 우리 반 선생님은 단호하지만 절대 미운 사람은 아니었다.

혼을 내실 때는 호랑이처럼 무서웠지만, 평소에는 우리를 정말 사랑하시는 모습이 보였다. 사랑스러운 강아지나 토끼 같은 모습이 떠오른다. 훈육할 때는 호랑이처럼, 평소에는 순한 양처럼 둥글둥글 부드럽게 아이들을 대하셨다. 선생님처럼 단호함과 부드러움을 모두 지닌 교사가 되고 싶었다. 너무 단호하면 아이들이 정신적으로 힘들어하고, 너무 부드러우면 말을 잘 듣지 않을 때가 있기 때문이다. 놀이 할 때는 순수하고 맑게 개구쟁이처럼 노는 선생님. 올바른 방법을 알려 주거나 질서에 대해 교육할 때는 부드럽지만 단호하게 알려 줄 수 있는 고무줄 같은 매력이 있는 선생님이 되고 싶었다.

등원 맞이를 하다가, 발걸음이 가볍고 싱글벙글 해맑게 오는 아이를 보았다.

"뭐가 그렇게 재밌어?"
"그냥 유치원에 가는 게 좋아서요!"
"왜?"
"유치원에 오면 친구들하고 놀 수 있고, 선생님하고도 놀 수 있잖아요."

새 학기가 지나고 중반에 들어서면 처음과는 다르게 한껏 애교가 충전된 아이들을 볼 수 있다. 놀이 하는 모습을 관찰하다가 살짝 놀랐다. 너무 자연스럽게 한 아이가 마치 의자에 앉듯이 겹쳐 있는 내 다리에 앉는 것이었다. 앉아 있는 아이의 뒷모습을 보며 이렇게 물었다.

"편하니?"
"네!"

아무렇지 않게 해맑게 웃고 있는 아이의 모습을 보면 나도 모르게 웃음이 나온다.

어떤 아이는 내 옆으로 오더니 재잘재잘 이야기를 한다. 해맑은 미소를 지으며 너무 신난 듯한 아이의 모습을 보며 물었다.

"너 나 좋아하니? 선생님 좋아해?"
"네!"
"왜?"
"그냥요. 재밌잖아요."
"유치원 졸업해도 유치원 다시 올 거야?"
"네!"

아이들의 모습을 바라보면, 나의 어린 시절을 떠올리게 된다. 장난감

코인을 가지고 뽑기를 한 날이 떠올랐다. 선생님이 하시는 질문에 정답을 말하면 뽑기를 할 수 있는 장난감 코인을 받았다. 코인을 얻기 위해 열심히 선생님의 말씀에 귀를 기울였다. 처음에는 뽑기를 하기 위해 열심히 했지만, 점점 다른 사람의 이야기에 집중하는 훈련이 되었다.

졸업한 후에도 다시 유치원에 가고 싶어 하는 이유. 따뜻한 사랑이 떠올라서일까?

유치원 교사는 사랑이 가득한 따뜻한 품을 내어 줄 수 있는 존재다. 아이들은 교사의 사랑을 받으며 하루하루 성장한다.

언제나 마음이 열려 있는
'유치원 엄마'

누군가의 소중한 자녀,
사랑받기 위해 태어난 사람

    말괄량이 어린 시절, 선생님은 어린 시절 없이 선생님으로 태어나는
줄 알았다. 그리고 선생님에게 부모님이나 가족이 있을 거라고 생각하지
못했다. 교사가 된 지금, 내가 했던 질문을 똑같이 듣고 있다.

    "선생님 엄마 있어요?"
    "선생님 엄마는 할머니죠?"
    "선생님 집 있어요?"

    순수한 눈빛을 바라보며 "엄마랑 같이 살아.", "나도 너희처럼 가족이
있어.", "선생님 엄마는 아직 할머니는 아니셔. 너희들에게는 할머니일
수도 있겠다."라고 친절하게 대답한다. 마치 내 어린 시절을 보는 것 같

아서 나도 모르게 웃음이 나온다.

아이들은 대부분 엄마를 참 좋아한다. 등원할 때 엄마를 꼬옥 안으며 떨어지지 않으려고 한다. 현관에서 들어오지 않는다. 하원을 할 시간이 되면 세상을 다 가진 듯한 표정으로 기다린다. 아이에게 '엄마'는 큰 세상이다. 하나뿐인 마법 주문이랄까? 몸에 상처 났을 때 밴드 하나를 붙여 주면 다 낫는 느낌이 드는 것처럼, '엄마'는 문제가 생기면 다 해결할 수 있는 마법의 주문이다. 엄마가 보고 싶다는 아이의 모습을 볼 때마다, 내 마음속에서도 "나도!" 하며 외친다. 일하다가 힘들고 지칠 때가 있다. 그럴 때 나도 보살핌과 따뜻한 품이 필요한 우리 엄마, 아빠의 소중한 딸이라는 생각이 든다. 그렇게 용기와 힘을 얻는다.

어린 시절 내가 보았던 유치원 선생님의 모습은 사랑이 가득했다. 사랑이 어디에서 나오는지, 다 주고 나면 다음에 줄 사랑이 없어지지는 않는지 늘 궁금증을 품으며 살았다. 어렸을 때 받았던 사랑을 기억하며 따뜻한 사랑을 주는 걸까?

방과 후 교사(하루 8시간 근무)를 하고 있어서 학부모와 깊은 대화를 나눠 본 적이 없다. 유치원에서 보는 학부모의 모습, 소문이나 책, 뉴스를 통해서 다양한 유형의 부모를 만난다. 자기 아이만 보는 양육자가 있다. 선생님, 다른 아이들, 상황을 보지 않고 자신의 아이가 괜찮은지 안 괜찮은지만 걱정하는 것이다. 아이가 해를 당했다면 유치원과 모든 상황은 나쁜 것이고, 잘 지내면 그와 반대로 이미지가 좋아 보인다는 것이다. 현재는 이전보다 아이가 충분히 할 수 있는 일도 모두 챙겨 주는 시대이다. 내 어린 시절만 해도 밥그릇에 밥풀이 붙으면 혼나면서 먹어야 했다. 지금은 교사가 싹싹 긁어서 먹여 줘야 한다. 물론 처음부터 완벽할 수 없고 서투른 과정이 있는 게 당연하다. 아이가 충분히 혼자 할 수 있는 것을 기다려 주지 않고 다 해 주는 것이 곧 아이에게 해가 된다는 것을 알아야 한다. 아이가 혼자 하는 연습을 해야 하는 것처럼 우리도 기다림의 연습이 필요하다.

식사 시간에 돌아다니는 아이, 숟가락과 젓가락으로 장난치는 아이 등 얌전하게 점심을 먹는 날이 없다. 기본적인 생활 습관은 가정에서부터 교육받아야 하는데, 잘 이루어지지 않는 모습이 보인다. 어떤 사람은 이런 교육은 유치원에서 해야 하는 것이 아니냐고 질문한다. 유치원은 가족 이외의 사람들과 처음으로 사회생활을 경험하는 곳이다. "응애." 하며 만나게 되는 가정은 이 세상을 잘 살아가기 위해 배우는 곳이다. 그러므로 생활 습관은 가정에서부터 시작되어야 한다.

출퇴근을 하는 길에 뉴스를 많이 본다. 유치원, 초·중·고등학교를 포함하여 교사에게 언행을 함부로 한다는 내용이 빈번하게 보인다. 볼 때마다 마음이 좋지 않다. '내가 이러려고 교사를 하고 싶었던 게 아닐 텐데.'라는 생각이 들 때가 있다. 교사를 대할 때 자신이 소중하다고 생각하는 사람을 빗대어서 생각하고 대하면 태도가 달라지지 않을까? 모든 부모가 교사를 막 대하지는 않는다. 하지만 소수의 사람으로 인해 교사는 상처받는다. 소중한 내 아이를 돌보는 교사도 누군가의 소중한 자녀라는 사실을 꼭 기억해 줬으면 좋겠다.

교사에게 함부로 하는 양육자도 어린 시절이 있다. 상처받은 과거, 이미 굳어져 버린 습관으로 인해 변화하고 싶은 마음이 있어도 원래의 모습을 바꾸는 게 어려울 수 있다. 이때 교사는 조금 더 마음의 여유를 더 가지고, 학부모가 아니라 마치 아이와 대화하는 것처럼 해야 한다. 그들의 내면 속 아이를 마주해야 한다.

1) 학부모의 입장을 먼저 잘 들어 준다.

자기의 어린 시절에 빗대어 아이를 바라보는 경향이 있다. 그래서 더 예민하고 민감한 것이다. 충분히 공감하는 태도를 보여서 신뢰를 형성하면 마음을 열 것이다.

2) 대안을 제시한다.

최대한 세 가지의 대안을 생각해서 학부모가 고를 수 있게 해라. 이 과정에서 억울하고 스트레스가 심할 수 있다. 그래도 '나는 지금 아이와 대화하고 있다.'라고 생각하며 대화해야 한다.

3) 학부모가 선택한 대책을 실행하고, 중간중간 보고해야 한다.

아이가 유치원 생활을 어떻게 하고 있는지 틈이 나면 알려 드려라. '난 이만큼 당신의 아이에게 관심이 있고 노력하고 있어요.'를 보여 주어라. 민감하고 예민한 부모일수록 더욱 신뢰를 주어야 한다. 처음에만 조금 피곤하고 힘들 뿐, 어느 정도 신뢰 관계가 형성되면 괜찮아질 것이다.

< 학부모와 건강하게 대화하는 방법 >

1) 학부모의 입장을 먼저 잘 들어준다.

2) 대안을 제시한다.

3) 학부모가 선택한 대책을 실행하고 진행 상황을 말씀드려야 한다.

$$4$$

사랑을 나누고 싶은 교사

교사는 어떤 사람일까? 과연 아무나 유치원 교사를 하는 것일까? 유치원, 어린이집 교사에 대한 시선이 아직 모두 좋은 편은 아니다. 유아교육을 전문적으로 배우고 교사가 된 것임에도 기관에서 그냥 아이 돌보는 역할만 한다고 생각하는 사람이 있다. 보모처럼 보는 시선이 아직도 있는 안타까운 현실이다.

유치원 교사가 되려면 먼저 기본적으로 사랑이 많아야 한다. 아이를 사랑하는 마음이 있어야 한다. 아이의 행동은 일촉즉발이다. 그래서 언제, 어디서, 무슨 일이 일어날지 아무도 모른다. 유아 교사는 인내심을 가지고 사랑의 눈으로 바라보아야 한다.

'회복 탄력성'이 무엇일까? '회복 탄력성'이란, '크고 작은 다양한 역경과 시련과 실패에 대한 인식을 도약의 발판으로 삼아 더 높이 뛰어오를 수 있는 마음의 근력'을 의미한다. 회복 탄력성은 사랑으로부터 시작이 된다고 해도 과언이 아니다. 어렸을 때부터 문제와 마주하고 해결할 기회를 제공해야 한다. 이는 곧 신뢰로 이어진다. 신뢰는 사랑과 연결된다. 결국, 회복 탄력성은 사랑과 연관이 있는 것이다. 실패를 경험해도 다시 일어설 수 있다는 '나에 대한 신뢰'와 연결이 된다. 곧 나를 믿고 자신을 사랑해야 회복 탄력성이 생기는 것이다. '회복 탄력성'이 있어야 삶에서 힘든 일을 마주할 때 건강하게 바로 회복할 수 있다. 어렸을 때부터 문제 상황과 마주하고 해결할 수 있는 기회를 제공해야 한다. 연습을 하다 보면 갑자기 생기는 일을 마주했을 때 당황하지 않고 차분하게 대할 수 있게 된다.

어렸을 때 사랑을 많이 받고 자란 사람이 있지만, 그렇지 않은 사람도 있다. 둘의 차이는 시간이 흐르고 점점 나이가 들수록 더욱 분명하게 드러난다. 사랑을 많이 받은 사람은 회복 탄력성이 좋으며, 자존감이 높기에 문제 상황이 발생해도 금방 해결 방법을 찾고 실행할 수 있다. 충분한 사랑을 받지 못한 사람은 자존감과 자신감이 낮으며, 문제 상황이 발생하면 어떻게 해야 할지 모르는 상태가 되고 결국에는 자책을 하게 된다.

사랑이 많은 사람은 당당하고 힘이 있다. 여기서 말하는 힘은 무게나 세기와 관련된 힘이 아니라 단단한 마음의 힘을 말한다. 사랑은 모든 것을 할 수 있게 해 준다. 그래서 나는 아이들에게 사랑을 주고 싶다. 신체적 건강뿐만 아니라 마음도 건강할 수 있도록 도와주고 싶다. 내가 어린 시절에 따뜻한 사랑을 받고 자란 것처럼 많은 아이에게 사랑을 주고 싶다.

'사랑'이란 무엇일까? 내가 생각하는 사랑은 다른 사람을 품어 주고, 격려하고, 다독여 주고, 꼭 안아 주는 것이다. 좋은 모습만 보는 것이 아니라, 보완해야 하는 부분에서도 응원하고 격려하고 인내심을 가지고 기다려 주는 것이다.

아이들에게 사랑이란 무엇이라고 생각하는지 물어보았다. '사랑'은 양보하고 배려하고 서로 도와주는 거라고 이야기했다. 그리고 좋아해 주고, 나에게 소중한 것을 나눠 주는 것이라고도 했다. 이렇게 '사랑'은 의미가 다양하다. 이 모든 것을 포함하여 세상을 살아가는 힘을 더욱 단단히 할 수 있게 도와주고 응원하고 싶어서 유치원 교사가 되었다.

'사랑'의 또 다른 정의는 '관심'이다. 『너, 화났구나』라는 책에서는 '만약 부모가 아이의 기분을 느끼고 이해하기 위해 언제나 관심을 기울이고 있다는 것을 아이에게 보여 줄 수만 있다면 아무런 어려움이 없을 것이다.

아이는 안도감을 느끼며, 혼자 있어도 외롭거나 두렵지 않게 된다. 이런 경험을 하는 아이는 인생 전반에 걸쳐서 외로운 감정 없이 홀로 설 수 있다. 그들은 분노나 슬픔, 두려움, 불안 같은 부정적인 감정들도 훨씬 자연스럽게 조절할 수 있다. 또한, 새로운 상황에 쉽게 적응하며, 스트레스에 짓눌릴 때도 강인하게 자신을 관리할 수 있다. 부모의 마음을 헤아리고 안정감을 얻기 위해서라도 아이에게는 감정 이입이라는 능력이 꼭 필요한 것이다.'라고 말한다.

사랑이 있어야 관심이 있다. 관심이 있어야 사람의 마음을 헤아릴 수 있고, 감정을 알아차릴 수 있다. 아이들의 마음을 보듬어 주고 상태를 잘 살피고 아낌없이 사랑을 주는 든든한 교사가 되고 싶다. 그리고 아이들이 어렸을 때 받았던 사랑을 기억하며 어려움과 마주할 때 잘 이겨 냈으면 한다. 내가 사랑한 아이들을 통해 그다음 세대도 내리사랑을 듬뿍 받았으면 하는 마음이다. 나의 어린 시절 한 페이지에 남은 유치원 선생님의 마음처럼 말이다.

사랑의 눈으로, 인내하는 마음으로
아이들을 바라보아야 합니다

5

선생님도 무럭무럭 자란다

아이의 눈에 교사는 무엇이든지 잘하는 사람이다. 사실 유아가 생각하는 만큼 모든 면에서 완벽하지 않다. 아이처럼 경험하면서 배운다. 예상하지 못한 일이 생기면 넘어진다. 다시 일어나는 과정에서 융통성을 기르고 역량이 강화된다.

교사는 여러 가지 상황에 직면해야 한다. 유치원에서는 예상하지 못한 많은 일이 정말 셀 수 없을 정도로 일어난다. 동시다발적인 일이 많아서 생각 회로가 정지될 때가 있다. 지도하는 과정에서도 여러 가지 상황에 직면해야 한다. 어떻게 말해야 할지, 어떤 방법이 효과적인지 말이다. 유치원에서 일하면서 말의 중요성을 항상 생각하게 된다. 어떻게 말해야 상대방의 입장을 고려하고 좋게 이야기할 수 있을지 고민한다. '내가 그 말을 들었을 때 괜찮을까?' 하며 말하기 전에 한 번 더 생각하는 것이다.

유아는 모방을 정말 잘한다. 좋은 것보다 좋지 않은 것을 더 쉽게 모방한다. 그래서 우리는 말과 행동을 늘 조심해야 한다.

"이거 해!" (명령)
"이렇게 하자." (명령·강요)
"이렇게 하는 건 어때?" (질문·청유)

이 중 어떤 말을 들었을 때 괜찮을까? 명령형 · 강요형의 말이 듣기 좋을까? 질문형 · 청유형의 말이 좋을까? 대부분 사람이 후자를 선택할 것이다. 명령형과 강요형으로 말하기보다는 질문형과 청유형으로 말해야 한다. 아이가 문제 상황을 설명할 때 위험하거나 급한 상황이라면 교사가 바로 해결하는 방법을 알려 주어야 한다. 그러나 위급한 상황이 아니면 스스로 문제 해결 방법을 먼저 생각할 수 있게 '어떻게 해야 할까?'라고 질문해야 한다. 생각할 기회를 준다면 생각 주머니는 더 성장할 수 있다. 그리고 문제 해결 능력도 향상된다.

아이들은 여러 가지 이유로 교사에게 도움을 청한다. 이유가 참 다양하다. 다른 친구가 자신을 치고 갔다는 유아, 갖고 놀고 싶은 장난감이 있는데 친구가 쓰고 있다고 말하는 유아, 친구가 자신을 때렸다고 말하는 유아가 있다.

첫 번째로 친구가 자신을 치고 갔다는 유아의 상황이다. 먼저 아이의 감정과 상황에 공감해 준 후, 우리가 지나다니면서 사물에 부딪히는 것처럼 사람과도 부딪힐 수 있다고 이야기해 준다. 그 후에 치고 간 아이에게 친구가 불편함을 느끼게 된 상황을 이야기한 후, 지나다닐 때 잘 보고 가자고 한다. 그리고 다친 친구에게 해 줄 이야기가 있을지 물어본다. 직접 사과하라고 강요하는 것은 아이에게 안 좋은 영향을 준다. 아이가 생각하고 말하는 것이 더 의미가 있다. 아이도 스스로 어떤 행동을 했는지, 그 행동이 올바른지 잘못인지를 안다.

두 번째 상황은 가지고 놀고 싶은 장난감이 있는데 친구가 쓰고 있다고 말하는 유아이다. 원하는 장난감을 가지고 있는 친구에게 사용해도 되는가를 물어보았는지 질문한다. 친구에게 부탁했지만, 거절을 당했을 때는 "장난감을 더 가지고 놀고 싶나 봐. 조금만 더 기다려 줄 수 있을까?"라고 한다. 친구에게 부탁하지 않았을 때는 원하는 장난감을 가지고 놀고 있는 친구에게 가서 물어보라고 제시한다.

보통 놀이를 시작하기 전에 지켜야 할 약속을 함께 정한다. '걸어 다니기', '장난감을 던지지 않기', '양보하고 배려하기' 등이 있다. 즉시 아이들에게 놀이 약속이 무엇이었는지 물어볼 때가 있다. 놀이 하는 중간에 뛰어다니거나 장난감을 올바르지 않은 방법으로 사용하거나 친구와 다툴 때다. 아이들은 자기 행동을 돌아보며 약속을 지키려고 노력한다. 놀이 시간이 끝난 후에는 약속을 잘 지켰는지 함께 이야기를 나눈다. 처음부터 이런 방법을 활용해서 지도하지 않았다. 함께하는 시간이 많아서 점점 교육 방법의 수준이 높아졌다. 아이들이 교사를 성장하게 도와준 것이다.

세 번째는 친구가 자신을 때렸다고 말하는 유아이다. 화나고 속상한 감정을 말로 표현하지 못하고 행동으로 표출할 때가 있다. 생각보다 많다. 유아기는 아직 감정 사고가 이성 사고보다 비중이 훨씬 크기 때문에 그렇다. 먼저 친구에게 맞은 유아가 얼마나 다쳤는지 몸을 살핀다. 맞은 아이의 말만 듣지 않고, 친구를 때린 아이의 말도 듣는다. 그 이유는 친구가 싫어하는 행동을 하다가 맞는 상황이 있기 때문이다. 그리고 양쪽의 이야기를 들어 보아야 객관적인 입장에서 상황을 정리할 수 있다. 친구를 때린 아이에게는 절대 폭력은 정당화될 수 없다고 이야기한다. 어떤 일이든지 때리는 것은 옳지 않다고 말한다. 친구가 나를 불편하게 할 때는 '하지 마, 불편해!'라고 자신의 마음을 표현할 수 있도록 한다. 놀이 하기 전에 나의 몸과 친구의 몸을 소중히 하자는 약속을 정한다. 그러나 놀이 하는 중에 약속을 지키지 못하는 상황이 발생한다. 놀이 후에는 우리가 나의 몸과 친구의 몸을 소중하게 지켜 주려면 어떻게 해야 하는지 함께 이야기를 나눈다. 교사가 생각하는 정답이 있겠지만, 아이들이 생각하는 의견을 들어 보는 것이 정말 중요하다. 우리가 생각하지 못한 것을 유아가 생각하고 말할 때가 꽤 있다. 교사와 유아가 상호작용하면서 서로에게 좋은 영향을 준다. 그렇게 하루하루 어제보다 더 나은 오늘이 되며 성장한다.

유치원에 있으면 해결해야 하는 일이 많다. 많기 때문에 우선순위를 정하고 해야 하는데, 다 중요할 때는 난감하다. 아이의 안전이나 생활과 관련된 부분을 우선으로 해야 한다. 처음에는 일 처리 능력이 조금 더디다가도 유치원에서 계속 일을 하다 보면 능숙해진다. 그리고 두뇌 회전이 원활해지고 속도가 빨라져서 일을 해결하는 능력이 향상된다. 그렇게 교사는 한 걸음 더 성장하게 된다.

유치원 교사는 질문을 많이 하는 직업이다. 특히 아이와 상호작용할 때 질문이 필요하다. 그리고 직장 상사나 동료와 의견을 나눌 때 좋은 방법을 정하기 위해 질문을 한다. 일할 때는 우선순위를 정하기 위해서 스스로에게 질문을 하기도 한다. 아이들의 문제 해결 능력을 길러 주기 위해 끊임없이 꼬리에 꼬리를 물어 질문하고 좋은 해결책을 찾을 수 있도록 한다. 질문을 통해 많이 배우고 성장한다.

아이가 자기의 마음을 다른 친구에게
표현할 수 있도록 기회를 주세요.

6

선생님 이름이 뭐예요

'이름'은 무엇을 의미할까?

이름이란 '다른 것과 구별하기 위하여 사람이나 사물, 단체, 현상 등에 붙여서 부르는 기호'이다. 이름이 주어짐으로써 사물은 비로소 의미를 얻게 되고, 존재 가치를 지니게 된다.

내가 생각하는 이름의 의미는 '축복'이다. 이 세상에 태어난 것을 축하해 주는 징표라고 해야 하나? 사람은 사랑받기 위해 태어나는데, 사랑받는 사람임을 나타내는 하나의 징표라고 생각한다.

내 이름은 박세은. 성 박, 세상 세, 은혜 은. 세상에 은혜를 베풀라는 의미이다. 대부분 처음 만나는 사이면 이름을 묻고, 통성명부터 시작한다. 유치원에서도 마찬가지이다. 아이들도 처음 보는 선생님께 이름부터 묻는다.

"선생님, 이름이 뭐예요?" 유치원에서 아이들에게 많이 듣는 말이다.

"선생님 이름은 박세은이야. 박세은 선생님이야."

아이들이 질문할 때마다 계속 이야기해 주지만, 다음 날이 되면 똑같은 질문을 한다.

유치원에 있으면 내 이름이 많이 불린다. '당신', '너'가 아닌 온전한 나의 이름. 선생님들이나 아이들이 나의 이름을 불러 줄 때마다, 엄마께서 예전에 나에게 하신 말씀이 떠올랐다.

> "세은아, 엄마는 아빠가 엄마의 이름을 불러 주는 게 참 좋다? 어떤 사람은 ○○이 엄마(아들, 딸 이름)로 불리는데, 나는 내 이름으로 산 적이 많아서 그 부분이 참 좋더라고."

이름은 아이가 태어나면 지어지는데, 뜻이 다양하다. 아기의 이름을 지어 준 사람, 이름의 뜻 모두 다 다르지만 한 가지 공통점은 소중하고 의미 있는 이름이라는 것이다.

아이들이 내 이름을 기억해 주고 불러 줄 때마다 힘이 난다. 유치원 복도를 지날 때 한 아이가 "애들아! 여기 박세은 선생님 있어!" 하면 다른 아이들이 쪼르르 달려와서 안아 주고 아는 체해 준다. 마치 이 구역의 슈퍼스타가 된 것 같다. 쑥스러워서 도망갈 때가 있지만, 나를 반가워해 주는 모습이 좋다.

유치원 사정으로 인해 하나의 반을 맡은 담임은 아니다. 세 개의 반을 다니며 여러 아이를 만난다. 복도를 지나다니면 아이들을 만나는데, 그때마다 '우리 선생님 오셨다.'라는 말을 한다. 나를 반겨 주고, 내 이름을 불러 주고, 아는 체해 줄 때마다 '아, 이래서 유치원 교사를 하는구나.'라는 생각이 든다. 신입 교사여서 경력 교사보다 더 실수하고, 배우는 과정에서 몸과 마음이 지칠 때가 있는데 아이들을 통해 에너지가 충전되는 것이다.

소중하고 의미있는 것, 이름

7

이렇게까지 사랑을 받아도 되는지

유치원 교사는 다양한 연령대의 사람들을 많이 만난다. 어린아이부터 할머니, 할아버지까지 나이 범위가 넓다. 이 중에서 아이들에게 가장 사랑을 많이 받는다. 유아에게 사랑을 주는 것의 몇 배가 다시 교사에게 돌아온다. 때로는 사랑이 과분하게 느껴질 때가 있다. 해맑게 바라보고 두 팔 벌리며 달려와서 안아 주는 아이들을 보면 솜사탕처럼 사르르 녹는다.

유아기의 아이들은 인정과 많은 사랑을 받고 싶어 한다. 이를 위해 누군가의 관심을 끌기 위한 행동을 한다. 무언가를 할 때마다 "선생님 이거 봐요. 저 잘했죠?"라고 할 때가 있다. "오~ 알록달록하게 예쁘게 색칠했네?"라고 말하며 관심을 보여 주면, 입꼬리가 귀에 걸릴 것 같이 해맑게 웃는다. 어떤 아이는 기분이 너무 좋아서 엉덩이를 씰룩거린다. 아이들의 모습을 보면 순수한 웃음이 나온다. 사랑을 숫자로 표현할 수 있다면, 교사가 사랑을 5를 주면 아이들은 10을 주는 것 같다. 그 이상을 받기도 한다. 유치원 교사는 챙겨 줘야 하는 아이들이 많아서 일과가 참 바쁘고 정신이 없지만, 그만큼 많은 아이에게 사랑을 받는 매력적인 직업이다. 힘들다가도 순수한 모습을 보면 힐링이 된다.

아이들의 부모님에게도 사랑을 받는다. 교사의 마음을 알고 따뜻한 응원의 말을 해 주시며 간식거리를 챙겨 주시기도 한다. 힘들지는 않은지, 목은 괜찮은지 등 교사를 생각해 주실 때마다 감사하다. 이렇게 부모와의 대화를 통해서도 힘을 얻는다.

담임 선생님께서 교무실에서 해야 하는 업무가 있으셔서 잠시 그 반을 지원하였다. 그때 예쁜 머리핀을 한 아이가 "선생님, 우리 반 선생님(담임 선생님) 어디 가셨어요?"라고 물어보았다. 담임 선생님께 드릴 편지를 예쁘게 만들어 드리려고 한 것이다. 자신의 반 선생님을 우리 선생님이라고 부르며, 사랑하는 모습을 보여 준다. 몇몇 아이들은 담임 선생님이 교실에 계실 때에는 보지도 않는다. 그러다가 다른 곳에 가시고 교실에 안 계시면 그제야 "우리 선생님 어디에 있어요?"라고 묻는다. 교사에게 무관심한 듯하면서도 사실은 좋아하는 마음이 있는 것이다.

아이들은 예쁜 말이 담긴 편지를 써 주기도 한다. '선생님, 사랑해요.'를 한 자씩 꾹꾹 눌러쓰며 마음을 담아서 전한다. 교사와 떨어지지 않으려고 하는 아이도 있다. 그렇게 다양한 방법으로 아이와 아이의 부모님에게 사랑을 받는다.

많은 사람들에게 사랑받는

유치원 교사

선생님이 좋아서, 선생님이 되었습니다

8

아파도 출근합니다

아픔은 예고 없이 온다. 건강 관리가 교사의 자질 중 하나라는데, 아픈 게 내 마음대로 조절이 되나? 아파도 일을 쉴 수가 없다. 해야 하는 일은 그대로이고 몸 상태만 변한 것이다. 다른 직업 중에서도 쉬지 못하는 경우가 많지만 교사는 더욱 그렇다. 그래서 아파도 아픔을 이겨 내고 출근해야 한다. 내 아이들을 위해 아픔을 툭툭 털고 일어나야 한다. 부정적인 생각이 들 때는 긍정적인 생각으로 전환하면 좋다. 나쁜 생각을 하면 할수록 뇌가 인지해서 몸 상태가 안 좋아질 수 있다.

교사가 정말 아플 때는 연가나 반일 휴가를 내는 방법이 있지만, 아이들을 위해서는 죽을 만큼 아프거나 옮기는 질병이 아니면 출근하는 게 좋다. 아이들이 교사가 바뀐 것을 보고 당황할 수 있기 때문이다. 대체

1장 어린생 유치원 교사가 되기로 한 이유   59

교사는 그냥 하나의 수단일 수 있지만, 아이들에게는 하루아침에 유치원 엄마가 바뀌는 것이기 때문이다. 그래서 아프지 않도록, 아파도 금방 이겨 낼 수 있도록 평소에 건강 관리를 잘해야 한다.

　유치원에 장난꾸러기들이 정말 많다. 한 아이는 내 옆을 지나가다가 은근슬쩍 손등을 꼬집었다. 아이에게 불편함을 표현하였다. 선생님도 아플 때가 있다고 이야기했다. 어른이라고 해서 모든 고통을 다 견디는 것은 아니다. 어른도 아플 수 있다. 교사도 아플 수 있다.

　유치원 교사의 성 비율은 여자가 압도적으로 많다. 여자라면 한 달에 한 번씩 찾아오는 생리가 난관이다. 생리 시기가 되면 선생님들은 한숨이 먼저 나온다. 교실에 아이들을 두고 혼자 이동할 수 없기에 화장실을 가는 것도 마음대로 할 수가 없다. 생리 현상도 걱정해야 한다니 얼마나 힘들까? 유치원 교사가 되면 방광염과 변비는 기본이다. 목이 아픈 것도 기본이다. 목소리가 쇳소리처럼 되어도 소리를 내야 한다. 다른 직업을 하면서도 직업병을 얻겠지만, 교사는 유독 직업병을 많이 갖는 직업이다. 목 디스크, 허리 디스크, 목소리 안 나옴, 목 아픔, 방광염 등 병에 취약한 직업이다. 퇴근하고 집으로 돌아오면 안 아픈 곳이 없을 만큼 온몸이 쑤신다. 녹초가 되어 버린 상태여서 따로 운동할 힘이 없다. 체력을 기르고, 건강한 몸을 만들기 위해서는 운동할 수 있는 시간을 내어서 해야 하는데 쉽지 않다.

신체적인 부분인 몸 외에도 정신적인 부분인 마음의 건강도 중요하다. 자신의 마음 상태를 잘 돌아보고 위로해 주고 다독여 주어야 한다. 교사는 나를 위해, 아이들을 위해, 일을 위해서 몸과 마음을 가꾸어야 한다.

내가 당직인 주에 갑자기 열이 났다. 잠잠하다가 요즘 다시 유행하는 코로나나 독감인가 싶어 병원에 가서 진료를 보았다. 다행히 독감은 아니었다. 병원에서 성분이 센 약(독한 약)을 주셨는지 약을 먹고 심하게 배탈이 났다. 열이 오르는 것은 해결했지만, 탈이 난 것이 내 발목을 잡았다. 혼자서 오전 돌봄을 하다가 신호가 오면 갑자기 쌩하니 아이들을 두고 화장실로 갈 수는 없지 않은가. 아픈데 해야 할 일이 많아서 너무 서러웠다. 다행히 이전에 다른 선생님께서 아프실 때 당직을 바꿔 드려서 선생님과 당직하는 날을 변경하였다. 아픈 몸을 이끌고 책임감을 느끼며 해야 하는 일. 힘이 없을 때 쉬고 싶은 마음이 들기도 한다. 그러나 나는 아이들과 함께해야 해서 갈 수가 없었다. 아파도 출근해야 하는 나는 유치원 교사다.

아파도 아이들을 위해

오늘도 나는 유치원에 갑니다.

선생님이 좋아서, 선생님이 되었습니다

2장

눈을 크게 뜨고
세계를 들여다보기

1

우리 아이,
대체 왜 이렇게 행동하는 걸까

우리는 느끼는 감정을 정리해서 말로 표현할 수 있다. 그러나 아직 아이는 어른에 비해 감정을 건강하게 표현하는 게 어렵다. 자신의 마음을 말로 잘 표현하는 아이가 있지만 못하는 경우가 더 많다. 나쁜 말을 사용하거나 친구를 때리기도 한다. 소리를 지르는 행동을 하면서 화를 표출할 때도 있다. 그리고 한숨만 쉬며 아무 말이나 행동을 하지 않는 아이가 있다. 상황을 회피하는 것이다.

아이가 건강하지 않은 방법으로 표현하는 모습을 종종 본다. 나에게 너무 버릇없게 행동하며 심하게 선을 넘으면 마음이 불편하다. 하지만 나는 어른이자 교사이므로 마음을 잘 다스리고 인내심을 가져야 한다. 그리고 이야기를 귀 기울여 들어 주어야 한다. 그렇게 해야 아이들이 잘 성장할 수 있다.

　돌봄 시간에 '한 발 술래잡기'를 하였다. 강당에서 한 발 술래잡기하는 아이들뿐만 아니라, 다른 놀이를 하는 아이들도 있었다. 놀이 하다가 서로 부딪히지 않도록 한 발 술래잡기 하는 아이들이 사용할 수 있는 공간을 정해 주었다. 정해진 공간을 넘어서면 탈락이라는 약속을 정하였다. 한 명, 두 명 점점 약속한 선을 넘었다. 잠시 놀이를 중지하고 규칙에 대해 이야기를 나누었다. 아무리 이야기를 나누어도 뒤를 돌아서면 잊어버리기도 한다. 놀이를 다시 진행한 이후에도 선을 넘는 아이가 있어서 탈락했다고 말해 주었다. 그러자 갑자기 아이가 대뜸 나에게 소리를 지르고는 씩씩대며 강당 밖으로 나갔다. 나는 아이에게 탈락이라고 말한 후에 그래도 아이니까 한 번 더 기회를 주어야겠다고 생각하고 있었다. 그때 아이가 나에게 소리를 지르며 밖으로 나갔다. 아이의 예의 없는 행동을 보고 마음이 불편했다.

　혼자 돌봄을 해서 안전을 위해 강당 밖은 볼 수 없었다. 그래서 놀이 하고 싶으면 강당에서 놀이 하고, 하기 싫으면 강당 안에 들어와서 앉아 있어도 된다고 하였다. 아이가 놀이 하기 싫다고 표현하였다. 그러나 강당 안으로 들어오는 것을 거부했다. 놀고 싶지 않은 마음을 존중하면서도 교사가 밖에 있는 상황을 볼 수 없어서 다치면 모를 수 있다고 설명하였다. 그리고 강당 안에 있어야 다쳤을 때 바로 알 수 있으며 도움을 줄 수 있다고도 말해 주었다. 그러자 갑자기 밖에 있었던 아이가 강당 안으로 들어오면서 나에게 억울한 표정을 지었다. 그 후에 "선생님이 먼저 그랬잖아요! 내 말 안 들어 줬잖아요! 저 탈락 아니라고요!"라고 소리를 질렀다. 몹시 흥분하고 있는 아이를 진정시키기 위해서는 혼자 생각을 정리하는 시간을 주는 방법이 좋겠다고 생각하였다. 그래서 아이가 한 곳에서 혼자 생각할 수 있도록 시간을 주었다. 그리고 나도 아이가 왜 화가 났고, 왜 그렇게 표현했는지에 대해 생각하였다.

2차 하원 시간이 되자, 아까 나에게 화를 내었던 아이를 제외한 다른 아이들이 먼저 하원 준비를 할 수 있도록 하였다. 그 후에 1:1로 대화하였다.

교사: 도이야, 선생님과 도이를 포함한 많은 친구가 약속했었지?

도이: 네.

교사: 어떤 약속을 정했는지 들었어?

도이: 네… 아니요.

교사: 도이가 선생님이 한 말에 집중하지 않아서, 약속이 무엇인지 들

지 못했구나. 아까 우리가 약속한 것은 정해진 선을 넘으면 탈락이라는 것이었어. 다음에는 더 귀를 기울여서 들어 줄 수 있겠니?

도이: 네.

교사: 선생님이 오늘은 종이테이프가 없어서 바닥에 표시를 못 했어. 도이가 바닥에 표시하는 선이 없어서 헷갈렸지? 다음에는 종이테이프를 가져와서 붙여 줄게. 그럼 도이도 선을 보면서 약속을 잘 지킬 수 있겠다. 그렇지? (공감 및 해결 방법 제시)

도이: (고개를 끄덕이며) 네. 선이 있으면 잘 보이니까 지킬 수 있을 것 같아요.

아이의 상태가 어느 정도 다른 사람의 이야기를 들어 줄 수 있을 것 같은 느낌이 들 때, 나의 마음을 전달하였다.

교사: 선생님은 도이가 소리를 치면서 밖으로 나가서 기분이 좋지 않았어. 그리고 다시 들어왔을 때도 선생님을 향해서 소리를 질러서 화가 났어. 도이의 마음을 차분하게 말로 표현하지 않으면 선생님은 너의 마음을 알아줄 수가 없어. 도이가 무엇을 원하는

지, 어떻게 하면 좋을지 도움을 주고 싶은데 다음에는 차분하게 말로 마음을 표현해 줄 수 있겠니?

도이: 네.

교사: 선생님은 도이의 친구가 아니라, 도이를 돌봐주고 보호하는 사람이란다. 도이가 선생님에게 한 행동은 예의가 없다고 느꼈어. 그래서 선생님은 마음이 좋지 않았어. 다음에는 마음을 잘 표현하고, 예의를 지켜주었으면 좋겠어.

도이: 선생님 제가 소리 질러서 죄송합니다. 다음에는 조심할게요. 선이 없어서 헷갈렸어요. 그러면 다음에는 꼭 선 만들어 주세요!

교사: 고마워. 지금처럼 이렇게 대화하면 선생님이 도이의 마음을 알 수 있어. 도이의 마음을 알아야 도이를 도와줄 수 있거든. 그리고 강당 안에서 친구들이 안전하게 놀이 하는지 봐야 해서 강당 안으로 들어오라고 했던 거야. 강당 밖에 있으면 갑자기 사고가 일어났을 때 바로 알 수 없어서 위험하거든.

이렇게 유아가 강당 밖에서 혼자 있으면 위험한 상황이 일어날 수 있다는 것에 대해 말해 주었다. 차분하게 아이와 대화를 한 후, 하원 준비를 할 수 있도록 안내하였다.

아이가 혼란스러운 상황일 때 혼내거나 다그치면 아이는 더 흥분할 것이다. 교사는 아이의 흥분하는 상태에 동요되지 않아야 한다. 차분한 마음으로 상황을 생각할 수 있도록 시간을 주어야 한다. 기다려 주는 게 화를 내는 것보다 아이에게 더 이롭다. 또한, 건강하게 성장할 수 있도록 한다. 아이의 말을 잘 들어 주어야 아이도 그 사람이 하는 말을 귀 기울여 듣고 신뢰하게 된다. 그리고 아이의 생각을 통해 더 좋은 방법을 찾을 수 있다. 공간을 구분하는 선이 명확하게 없어서 아이가 약속을 지키지 못한 부분이 있었다. 교사도 이 부분에 대해 개선할 방법을 생각하고, 다음에 반영할 수 있도록 해야 한다.

교사뿐만 아니라 부모, 그 이외에 유아와 함께하는 사람들도 마찬가지이다. 아이를 잘 이해하려면 감정과 마음을 자세히 들여다보아야 한다. 아이를 대할 땐 부드러움과 단호함 모두 필요하다.

아이와 대화하는 방법

1) 상황을 말로 정리한다.

– 이야기가 길어지거나 늘어지지 않게, 핵심이 되는 것을 간단명료하게 말한다.

2) 아이에게 하고 싶은 이야기가 있는지 물어본다.

– 아이가 하고 싶은 말이 있으면 귀 기울여 들어 준다.

– 하고 싶은 말이 없다고 하면 생각할 시간을 준다.

(하고 싶은 말이 없다고 할 때는 대부분 생각 정리가 되지 않은 상태일 확률이 높다. 아이의 마음을 잘 들여다보자.)

3) 이야기를 귀 기울여 듣는다.

– 어떤 대화든, 들어 주는 것이 우선되어야 한다.

4) 공감하며 들은 것을 잘 정리하여 이야기한다.

– 아이의 말을 경청하고 있음을 언어적 · 비언어적 표현을 적절히 사용하여 알려 준다.

5) 타협점을 찾는다.

– 허용할 수 있는 부분은 허용하되, 그렇지 않은 부분은 단호하게 안 된다고 말한다.

모든 행동에는 다 이유가 있습니다

아이와 눈높이를 맞추어 들어주세요

2

모두 다를 수밖에

사람들은 모두 다르다. 잘하는 것, 보완해야 하는 점, 생김새, 생각하는 것 등 차이가 있다. 아이들도 마찬가지이다. 같은 나이더라도 살아온 환경에 차이가 있으므로 성장 속도가 다르다.

'다중지능이론'은 미국의 하버드대학교 교수인 하워드 가드너(Howard Gardner)가 1983년에 소개한 이론이다. 이는 인간의 지적 능력은 서로 독립적이고 다른 여러 유형의 능력으로 구성되어 있으며, 상대적 중요성이 같은 여러 하위 능력이 서로 유기적으로 작용한다는 다차원적 지능 이론이다.

가드너는 인간의 지능 영역을 모두 아홉 가지 하위 영역으로 나누었

다. 다중지능은 언어 지능, 논리수학 지능, 공간 지능, 음악 지능, 신체
운동 지능, 대인관계 지능, 개인 내적 지능, 자연 지능, 실존 지능으로 이
루어져 있다. 가드너는 인간이 태어날 때 이 아홉 가지 지능을 모두 갖고
태어나지만, 성장하면서 개인에게 차지하는 비율이 달라질 수 있다고 한
다. 사람은 서로 살아가는 환경이 다르다. 성장 배경, 양육자, 교육 방법
의 영향을 받는다. 어떻게 지원해 주느냐에 따라서 개발되는 지능에 차
이가 생긴다. 생명이 있다는 공통점이 있지만 서로 다른 특성을 가진 사
람들이 되는 것이다. 가정이라는 첫 번째 작은 사회에서 시작되어 유치
원이라는 더 큰 사회로 나아간다. 또 하나의 공동체를 이루고 그곳에서
배움을 얻고, 사회성을 기르며 성장한다.

나는 특성화 수업을 담당하고 있다. 하루에 연속으로 세 개의 반에 들
어가서 수업한다. 매주 수업하면서 반마다 색깔이 다르다. 다른 매력이
있다는 것이다. 색종이에 도형 반쪽을 그리고 자른 후, 펼쳤을 때 어떤
모양이 나오는지 예측하는 활동을 하였다. 이야기를 나눌 때 정답을 말
하기도 하지만, 머뭇거리며 말하지 못하는 아이도 있었다.

놀이 시간에는 아이들의 대인관계를 자세하게 알 수 있다. 혼자 놀이
하는 아이, 친구와 함께 놀이 하는 아이, 다른 친구를 불편하게 하는 아
이 등 다양한 모습을 관찰할 수 있다. 주도적으로 놀이를 이끄는 아이,

창의성을 잘 발휘하는 아이도 눈에 띄게 잘 보인다.

 특성화 수업 중, 드럼 수업을 하는 선생님께 하나의 에피소드를 들었다. 드럼 수업을 하면서 정말 박자를 잘 맞추고, 수업을 잘 참여하는 반이 있다고 하셨다. 그 아이들은 음악 지능이 높다는 것을 알 수 있다.

 나는 7세 방과 후 교사를 담당하고 있다. 7세 아이들을 보면서 같은 나이인데 이 정도로 차이가 나는지 의문이 들 때가 있다. 또래보다 성숙한 아이를 보면서 다른 친구들보다 생일이 빠를 것이라고 예상하였다. 그러나 내 생각은 틀렸다. 또래보다 성숙하다고 느꼈던 그 아이는 다른 친구들보다 생일이 느린 편이었다. 생일이 빠르다고 해서 아이가 더 성숙하다거나, 생일이 느리다고 해서 다른 친구들에 비해 생각이 어리지도 않았다. 이 또한 환경에서, 어떤 부모를 통해 키워지는지, 어떤 지원을 받고 성장하는지의 차이라는 것을 깨달았다. 이처럼 아이들은 잘하는 것과 성장 속도가 다르다. 교사는 아이의 성향, 특성, 변화에 민감하게 반응하고 이에 적절하게 지원해야 한다.

우리는 살아가며 환경의 영향을 많이 받습니다

그만큼 아이들에게 환경이 중요합니다

살아가는 환경이 다른 것처럼 사람도 모두 다릅니다

다름을 인정하고 서로 존중해야 합니다

나 좀 봐 주세요,
내 마음을 알아주세요

아이마다 자신을 표현하는 방법이 다르다. 놀이 시간에 어떤 아이는 교사에게 와서 "선생님, 쟤가 저랑 안 논대요."라고 말한다. 이 말을 들을 때 '나는 어렸을 때 친구들과 어떻게 지냈지?', '친구들과 생각이 다를 때 어떻게 표현했지?', '말로 했나, 행동으로 했었나?'를 회상할 때가 있다. 친구와 재밌게 잘 놀다가 놀이 하고 싶은 것이 다르거나 의견이 잘 맞지 않을 때가 있었다. "너랑 절교야!"라고 말한 나와 친구의 모습. 절교한다고 말하지만, 다음 날이 되면 화가 풀려 있고, 다시 하하 호호 웃으며 잘 노는 우리. 단순하면서도 순수하다. 놀지 않고 싶은 마음을 그렇게 표현하는 아이가 있겠지만, 놀고 싶으면서도 그냥 그 당시에 화가 나서 안 놀 겠다고 하는 아이도 있다. 마치 나의 어린 시절의 모습처럼 말이다. 힘든 마음을 알아달라고 하는 것을 '절교'로 표현한 친구와 나는 17년째 우정을 나누고 있다.

　사람들은 서로 다른, 다양한 매력이 있다. 좋은 모습이 있고 불편하게
하는 모습도 있다. 7살인데 아기 목소리를 내는 아이, 지나가다가 다른
아이들을 툭 치는 아이, 옷을 입에 가져다가 물고 있는 아이 등. 보통 이
런 아이들에게는 공통점이 있다. 바로 누군가의 관심이 필요하다는 것이
다. '관심받고 싶은 사람'이라는 표현은 좀 그렇지만, 여러 아이가 누군가
의 관심과 사랑을 필요로 한다. 특히 막내보다는 첫째나 둘째가 유독 그
런 모습을 더 보인다. 막내는 가장 보호받아야 하고 사랑을 많이 받는다.
그래서 굳이 관심을 끌지 않아도 사람들이 사랑과 관심을 준다. 첫째는
사랑과 관심을 많이 받는 편이다. 밑에 동생이 태어나면서부터 사랑을
나눠 받는다. 그래서 어필을 해야 사랑받을 수 있다고 생각하기도 한다.
둘째이고 밑에 동생이 있는 경우는 첫째와 셋째 사이에서 살아남고 사랑
을 받으려면 더 어필해야 해서 관심을 끄는 행동을 한다. 어린아이가 되
면 관심을 받을 수 있다는 생각에 '퇴행'하는 것이다. '퇴행'이란, 동물이
일정한 발생 단계에 도달한 후에 퇴화하는 것이다. 퇴행은 하나의 방어
기제다. 제 나이와는 다른, 그보다 더 어렸을 때 할 만한 행동을 하는 것
이다.

　아이들이 관심을 끌기 위한 행동, 표현할 때는 반응을 해야 하는지 하

지 않아도 되는지를 잘 구분해야 한다. 관심을 더 주었다가 오히려 아이들이 선을 넘는 행동을 할 때가 있기 때문이다. 예를 들어, 친구를 치고 가는 예지에게 교사가 바로 반응하는 경우이다. 그러자 예지는 '어? 이렇게 하면 선생님이 나에게 관심을 주고 반응하네?'라고 받아들이면서, 친구를 치고 다니는 행동을 더 한다. 관심을 더 끌기 위해서이다. 교사는 반응하면서도 하지 않아야 한다. 반응하면서도 하지 말라고 하는 것은 무슨 의미일까? 도대체 어떻게 하라는 것일까? 아이가 왜 그렇게 행동하는지 파악하고 혹시 교사와 함께 놀고 싶어서 그러는 건지 등 아이와 대화하며 마음을 알아주어야 한다. 유치원 교사이지만 이로 인해 이 직업에 대해 알다가도 모를 때가 있고 어렵게 느껴지기도 한다.

앞에서는 마음이 건강해져야 하는 사람을 예시로 들었다. 그러나 모든 아이에게 해당하는 것은 아니다. 자신을 잘 표현하는 아이도 있다. 돌봄 시간에 승민이가 예원이를 불편하게 했다. 상황을 알기 위해 두 아이의 말을 들어 보았다. 간단하게 정리하자면, 예원이가 사용하고 있는 훌라 후프를 승민이가 뺏으려고 했다는 것이다. 그래서 불편하다고 나에게 마음을 표현했다. 다음은 아이들과 나눈 대화이다.

교사: (아이들의 이야기를 듣고 난 후, 먼저 승민이에게 질문한다) 왜 그렇게 행동했어?

승민: 애랑 놀고 싶어서 그랬어요. 그래서 훌라후프 가져가려고 한 건데…

교사: (아이의 말을 듣고) "승민아, 승민이가 예원이와 같이 놀고 싶어서 그렇게 했던 거였어? 승민이는 다른 친구가 갑자기 승민이가 가지고 놀던 훌라후프를 가져가면 어때?

승민: 음…… 기분이 나쁠 것 같아요.

교사: 다른 친구가 같이 놀고 싶다고 하는 건데?

승민: 말로 하면 되잖아요.

아이는 정답을 알고 있지만 정작 자기 상황에서는 상대방의 마음을 생각하지 못하는 것이다.

교사: 승민이가 같이 놀고 싶은 마음을 훌라후프를 뺏는 행동으로 표현하면, 예원이는 잘 모를 수도 있어. 오히려 불편해서 놀고 싶지 않을 수도 있어. 승민이가 친구들과 놀고 싶은 마음을 말로 표현하지 않으면 잘 모르거든. 그리고 예원이는 승민이가 그렇게 행동해서 마음이 불편했고, 별로 놀고 싶지 않았대. 다음에는 말로 승민이의 마음을 표현해 줄 수 있을까? (제안하기)

승민: (고개를 끄덕이며) 알겠어요.

교사: 승민아, 혹시 예원이에게 해 주고 싶은 말이 있니?

승민: 사과를 하고 싶어요.

승민이는 예원이에게 사과하였다. 갑자기 예원이가 "선생님, 근데요. 승민이가 예빈이에게도 사과해야겠는데요?"라고 말하였다. 이유를 물어보자, "승민이가 예빈이의 볼을 꼬집듯이 만졌어요."라고 말했다. 놀이하고 있던 예빈이에게 상황을 자세히 들어 보았다. "예원아, 예빈이가 불편해했어?" 하고 물어보았다. 예원이는 그렇다고 대답하였다.

교사: 승민아, 왜 예빈이의 볼을 만졌어?

승민: 귀엽잖아요, 볼이. 귀여워서 말랑말랑해서 만진 거예요.

교사: 아~ 귀여워서 만진 거야?

승민: 네. 그리고 같이 놀고 싶었어요.

아이의 말을 듣고 어떻게 대답을 해 주어야 할지 잠시 고민하였다. 두 상황을 자세히 들여다보면 공통점이 있다. 그것은 바로 승민이가 친구와 같이 놀고 싶은 마음을 행동으로 표현한다는 것이다. 친구가 불편해하는 행동으로 말이다. 이때 교사는 안내자 역할을 해야 한다. 마음을 행동이 아닌, 말로 표현할 수 있도록 지속해서 이끌어 주어야 한다.

교사: 승민이는 예빈이가 귀엽고, 예빈이와 같이 놀고 싶어서 그렇게 한 거지만, 예빈이는 불편했대. 아까 선생님이 너에게 했던 말 기억나? 같이 놀고 싶은 마음이나 귀엽다고 생각하는 마음을 어떻게 표현하면 좋을까? (해결 방법 생각하기)

승민: 말로 해요. 말로 해야 다른 친구가 안 불편해요.

교사: 오~ 맞아! 승민이가 아까 선생님이 한 말을 잘 들어 주었구나!
　　　그러면 다음에는 말로 승민이의 마음을 표현해 줄 수 있을까?

(*교사가 일방적으로 사과를 하라고 하면 아이의 진심이 담기지 않은
사과가 나올 수 있다. 그래서 아이들에게 해 주고 싶은 말이 있는지
먼저 물어본다.)

승민: (고개를 끄덕이며) 네, 알겠어요.

교사: 예빈이에게 해 주고 싶은 말이 있니?

승민: 사과를 하고 싶어요.

승민이는 예빈이에게 사과하였다.

똑 부러지게 자신의 할 말을 잘하는 아이와 자신의 마음을 말로 표현
하지 않고 행동으로 표현하는 아이가 있다. 자신의 마음을 똑 부러지게
잘 표현하는 아이를 보며, 가정에서 부모가 아이를 교육하는 모습을 짐
작하였다. '가정에서 아이의 말을 잘 들어 주고, 생각과 의견을 표현할 기
회를 주나?'라는 생각이 들었다. 그리고 아이가 자신의 마음을 행동으로
표현하는 모습을 보며 어떻게 해야 마음을 말로 표현할 수 있을지 함께
생각하고 제안할 수 있는 계기가 되었다. 이렇게 서로 표현하는 방법이

다르다. 그리고 아이마다 표현하는 이유가 반드시 있다. 우리는 아이들을 유심히 관찰하고 이야기를 들어 주며 건강하게 표현할 수 있도록 도와주어야 한다.

아이가 화를 내고 짜증을 낸다는 건,
마음을 알아달라고 표현하는 것입니다

내 마음은 흔들리는 갈대라서

한 번쯤은 '여자의 마음은 갈대 같다.'라는 표현을 들어 본 적이 있을 것이다. 여기에서 '갈대 같다'라는 표현에 담긴 의미는 갈대의 줄기가 가늘어서 바람이 불면 이리저리 흔들리기 때문에 마음이 잘 흔들린다는 것이다.

아이의 마음은 갈대 같다. 놀이 할 때 유독 갈대 같은 모습을 많이 볼 수 있다. 색칠 놀이를 하다가 블록 놀이를 하고, 피아노를 치는 등 정신 없이 하루가 지나간다. 알쏭달쏭 요리조리 알다가도 모르겠는 사랑스러운 아이들과 지내야 하는 교사는 갈대 같지 않은 마음을 가지고 있어야한다. 융통성이 있어야 하지만, 보통 아이들처럼 갈대 같은 마음은 허용되지 않는다. 마음의 중심을 잘 지켜야 한다는 것이다. 예를 들어서 아이들과 정한 약속이 있다면, 약속을 잘 지킬 수 있도록 해야 한다. 교사의 기분에 따라서 어떤 날에는 아이들이 약속을 지키지 않으면 단호하게 했다가, 어떤 날에는 풀어지면 아이들이 혼란스러울 수 있다. 무엇보다 안정이 중요한 유아기에 교사가 마음의 중심을 잡지 않는다면 아이들은 안 좋은 영향을 받을 것이다.

교사의 갈대 같은 마음이 허용될 때는 언제일까? 바로 놀이에서 변화가 일어날 때이다. 아이들의 생각은 참 다양하고 독특하다. 생각하지 못한 독창적인 아이디어가 나올 때가 있다. 특히 놀이 할 때 이 부분을 잘 발휘한다. 교육적으로 의미가 있는 부분이라면 의견을 반영해서 생각이 더 확장될 수 있도록 다음 놀이 때 적절하게 지원을 해 주어야 한다.

갈대 같은 마음을 가지고 있는 자신이 무엇을 하고 있었는지, 무엇을 하려다가 까먹었는지를 잘 모를 때가 있다. 자기 생각과 마음이 한순간에 변하기 때문에 적응하는 시간이 필요한 것이다. 그래서 교사는 아이들의 변하는 생각과 마음을 잘 인지하고 기억하고 생각했다가 정리해서 말해 주어야 한다. 아이는 교사가 한 말을 귀로 듣고 머리로 인지하고 상황을 이해할 것이다.

앞에서 아이들의 마음은 갈대 같다고 표현하였다. 그만큼 하고 싶은 일과 할 수 있는 일이 많기 때문이다. 하고 싶은 게 많다는 것은 아이들에게 주어지는 특권이다. 나이가 들수록 현실 사회를 인지하고 어렸을 때 비해서 하고 싶은 게 점점 없어진다. 현실을 생각하며 꿈에 제한을 두는 것이다. 꿈을 꿀 수 있는 자유를 존중하고 욕구가 잘 채워져서 건강하게 자랄 수 있도록 해 주어야 한다. 그 과정에서 유심히 관찰하고 주의해야 하는 부분이 있다. 아이의 변하는 마음의 빈도수가 큰 나머지, ADHD(주의력 결핍 과잉 행동 장애)로 이어질 수 있기 때문이다. 주의력 결핍/과잉 행동 장애(Attention Deficit/Hyperactivity Disorder)는 아동기에 많이 나타나는 장애로, 지속적으로 주의력이 부족하여 산만하고 과다 활동, 충동성을 보이는 상태를 말한다. 이 증상을 치료하지 않고 내버려두면 아동기 내내 여러 방면에서 어려움이 지속되고, 일부의 경우는 청소년기, 성인기가 되어서도 증상이 남아 있게 된다. 균형을 적절하게 잡기 위해서, 하나의 일에 집중하고 인내심과 끈기를 가지고 수행할 수 있는 기회로 주어야 한다. 보통 ADHD는 육아 방법보다는 유전적 요인으로 인해 발생한다고 하는데, 이 질환의 정확한 원인은 현재까지 알려진 바가 없다. 그래서 후천적 요인도 무시할 수 없다.

주의력 결핍/과잉 행동 장애 유아의 특징은 다음과 같다.

1. 주의력 결핍

1) 일을 하거나 놀이를 할 때 지속적으로 주의를 집중할 수 없다.

2) 다른 사람의 말을 경청하지 않는다.

3) 지시를 완수하지 못한다.

4) 하나의 일에 집중하는 시간이 짧으며, 정신적 노력을 요구하는 과업(학업, 숙제 등)을 피하고 싫어한다.

5) 외부의 자극에 의해 쉽게 산만해진다.

6) 기억력이 좋지 않다.

2. 과잉 행동 (충동)

1) 손발을 가만히 두지 못하며, 의자에 앉아서도 몸을 꼼지락거린다.

2) 앉아 있는 것을 몹시 힘들어하며, 교실을 자주 돌아다닌다.

3) 조용히 여가 활동에 참여하거나 놀지 못한다.

4) 잘 뛰어다니며, 끊임없이 몸을 움직인다.

5) 충동성 증상이 있다.

6) 차례를 기다리지 못한다.

7) 다른 사람을 방해하며, 간섭한다.

8) 말이 많고, 빠를 때가 있다.

9) 질문이 끝나기 전에 성급하게 대답한다.

이러한 특성이 있는 아이들에게 교사는 적절하게 교육을 해야 한다. 아이가 일과 중에 해야 하는 것들에 대해서 순서대로 짚어 주며 이야기를 해 주어야 한다. 주의력 결핍/과잉 행동 증상이 있는 아이들은 한 번에 여러 가지를 기억하면서 수행하기에는 어려움이 있기에 하나씩 이야기해 주어야 한다.

예시) 점심시간, 양치 시간, 점심시간 이후 놀이 시간

1. 점심시간

1) 밥 먹을 때 필요한 도구를 가져가세요.

2) 식판을 들어 주세요.

3) 다른 친구들과 부딪히지 않게 돌아서 자기 자리로 가세요.

4) 점심을 다 먹은 친구는 양치를 해 주세요.

2. 양치 시간

1) 양치를 할 때는 앞의 거울을 보고 하세요.

2) 윗니, 아랫니 꼼꼼하게 닦아 주세요.

3) 양치를 기다리는 줄에서는 앉아 있고, 양치하지 않습니다.

4) 물을 필요한 만큼만 사용해 주세요. 지구를 위해 아껴서 사용해 주세요.

5) 양치를 다 한 친구는 책을 두 권 읽어 주세요.

3. 점심시간 이후 놀이 시간

1) 양치를 다 하고, 책을 두 권 모두 읽은 친구는 식사하는 친구를 배려해서 자유롭게 조용한 놀이를 해 주세요.

2) 교실에서 걸어 다녀 주세요.

아이들에게 교사는 지지대와 같은 존재여야 한다. 벽이라고 해야 하나. 잠시 기대어서 쉴 수 있는 존재여야 한다. 아이가 돌고 돌아서 제자

리로 올 때, '아 이 자리가 내가 안정을 느낄 수 있는 곳이구나'라는 생각이 들어야 한다. 방울토마토를 예시로 들자면, 방울토마토가 자라다가 열매가 맺히기 전에 줄기와 지지대를 묶어야 한다. 줄기가 꺾이지 않도록 고정하는 것이다. 갈대 같은 아이들을 방울토마토를 지지하는 막대와 같이 붙잡아 놓을 수는 없지만, 갈대가 이리저리 흔들리다가 한 면에 닿았을 때, 잠시 기대는 것처럼 보이는 그 모습. 교사는 그런 존재가 되어야 한다. 아이의 마음이 여러 번 바뀌면서 혼란스러워하고 정신없어할 때, 잠시 안정을 취할 수 있도록 해야 한다. 그리고 위험한 요소가 있는지 없는지 살펴봐야 한다. 안정을 취하고 어느 정도 상태가 괜찮아지면 바람에 흔들릴 수 있도록 해 주어야 한다. 아이가 갈대라면 성장할 때 바람은 꼭 필요하다. 성숙해지려면 그만큼의 시행착오가 필요하다. 아픈 만큼, 경험한 만큼 성장하기 때문이다.

변하는 아이의 마음은 흔들리는 갈대 같다

선생님이 좋아서, 선생님이 되었습니다

5

무궁무진한 세계

무궁무진(無窮無盡).

'다할' 일도 없고 '다될' 일도 없으니 한계가 없다는 것을 일컫는 말이다. 끝없이 뭔가가 이어질 것이라고 설명하는 고사성어다.

아이들의 무궁무진한 생각은 주로 놀이에서 발휘된다. 교육 실습을 할 때 나는 일곱 살 반을 담당하였다. 한 아이가 담임 선생님께 디즈니 OST 영상을 보고 싶다고 이야기하자, 담임 선생님은 아이가 원하는 영상을 틀어 주셨다. 아이들이 하나, 둘씩 교실에 있던 TV 앞으로 모이기 시작하였다. 한 아이가 TV 앞에 모여 있는 아이들을 둘러싸면서 벽돌 블록을 놓기 시작하였다. 이를 본 친구들도 벽돌 블록을 가져다가 담을 쌓았다.

그렇게 교실 안에서의 공간이 분리되면서 다른 공간이 만들어졌다. 처음에 벽돌 블록을 가져다 놓던 아이가 "선생님, 여기는 영화관이에요!"라고 말하였다. 영화관이라는 이야기를 듣고 옆에 있는 아이가 "그럼 나 영화관 주인 할래! 너희들이 손님이야!"라고 말하였다. 그렇게 해서 영화관 주인이 생겼고, 주변에 있던 친구들은 손님이 되었다. 영화관 주인이 된 아이는 친구들이 영상을 볼 수 있도록 입장할 수 있게 안내하였다. 그리고 영상이 끝나면 영화관 밖으로 나갈 수 있도록 "영화가 끝났습니다. 이쪽으로 나와 주세요. 나가야 합니다!"라고 하며 퇴장할 수 있게 하였다.

놀이 하는 모습을 보며 "얘들아, 너희는 영화관에서 어떤 걸 먹어 봤어?"라고 물어보았다. 그러자 "팝콘이랑 콜라요!", "선생님, 저는 그거 버터 맛이 나는 오징어 먹었어요!", "선생님, 저는 카라멜 팝콘 좋아해요!"라고 말하였다. 이 모습을 본 한 아이가 "아, 근데 선생님, 영화관에 팝콘이 있어야 하잖아요! 제가 팝콘 만들래요."라고 하였다. 그 후에 작은 크기의 노란색 십자 모형 블록을 역할 영역의 그릇 교구에 담아서 팝콘을 원하는 친구들에게 나눠 주기 시작했다. 그러자 옆에 있던 여자아이가 "팝콘만 먹으면 목 막힐걸? 콜라도 만들자!"라고 하며 역할 놀이에서 컵을 가져다가 콜라를 따르는 시늉을 하며 아이들에게 나눠 주었다. 아이들이 즐겁게 놀이 하는 모습을 보고 있던 나는 "얘들아, 선생님은 영화를 관람할 때 물을 마셔."라고 말해 주었다. 그러자 콜라를 팔던 아이가 옆에서 팝콘을 팔고 있는 아이에게 "우리 물도 팔자! 이거 벽돌 아니고 이거 물이야, 물! 친구들이 물 달라고 그러면 이거 따라서 주면 돼. 알겠지?"라고 하였다. 팝콘과 콜라를 팔고 있는 친구들의 모습을 보면서 무언가를 생각하던 아이가 갑자기 "팝콘을 팔려면 돈이 필요하잖아! 우리 돈도 가져오자!"라고 하며 교구장에서 돈 모형 교구를 꺼내 왔다. 손님들이 돈을 팝콘 가게의 주인에게 주고, 팝콘을 받는 식으로 놀이가 변화하였다. 영화관 놀이를 하는 아이들의 수가 점점 늘기 시작하면서, 처음에 만들었던 영화관의 공간이 좁아졌다. 아이들에게 "우리 친구들이 다 들어올 수 있도록 어떻게 하면 좋을까?"라고 질문을 하였고, 아이들은 교구장에서 나무 블록을 가져와서 공간을 넓히기 시작하였다.

처음에는 한 아이의 요청으로 디즈니 OST 영상을 틀어 주는 것으로 시작했다가, 그 공간이 영화관이 되었다. 영화관에서 아이들이 보았던 모습을 반영하여 교실에서 영화관 놀이를 하게 된 것이다. 아이들의 놀이가 확장되는 과정에서 아이들의 생각 주머니를 넓히는 교사의 질문과 적절한 지원이 이루어졌다. 생각이 확장되기 위해서는 이러한 창의성을 발휘할 수 있는 질문이 꼭 필요하다. 다시 놀이가 이루어진다면, 실제 영화관 포스터를 프린트해서 다음 놀이 때 지원하면 좋겠다는 생각이 들었다. 이렇게 아이들의 세계는 무궁무진하다.

아이들의 무궁무진함은 동화책을 보는 시간에도 발휘된다. 일주일에 아이들에게 네 권 이상의 책을 들려 준다. 내가 담당하는 수업 때도 책을 보여 주는데, 이 시간이 나에게는 힘이 되는 시간이다. 아이들의 다양한 아이디어가 담긴 이야기를 들으며 즐거움과 흥미로움을 느낀다. 동화책을 읽어 주기 전에, 먼저 동화책 표지를 보여 주며 이야기를 나눈다. "동화책에서 어떤 부분이 가장 먼저 보이니? 왜 그게 먼저 보였니?", "어떤 내용일 것 같아? 왜 그렇게 생각했어?", "(고양이 그림을 보고 있다면) 이 책에 고양이만 나올까? 또 어떤 게 나올까? 무슨 이야기일까? 왜 그렇게 생각했어?"라고 질문하면 이에 대해 자기 생각을 이야기한다. 꼬리에 꼬리를 무는 질문을 하면 더 즐거움을 느끼고 활발하게 대답한다. 어떤 아이는 생각하다가 너무 신이 난 나머지 갑자기 일어나서 이야기한다.

최근에는 개구리에 관한 책을 들려 주기 전에 동화와 관련된 내용을 퀴즈로 냈다. 암컷 개구리가 수컷 개구리처럼 울지 못하는 이유에 대해 물어보았다. 거침없이 나온 대답은 다양했다. '암컷 개구리가 수컷 개구리보다 작아서.', '울음주머니가 없어서.', '수컷 개구리보다 암컷 개구리가 약하니까.' 등의 대답을 해 주었다. 이 중에 정답은 수컷 개구리는 울음주머니가 있지만, 암컷 개구리에게는 울음주머니가 없어서 소리를 내지 못한다는 것이다. 정답을 맞추지 않아도 질문에 대해 생각하고 이야기를 한 아이들에게 "선생님이 생각하지 못한 부분을 우리 친구들이 생각하고 다양하게 이야기를 해 주었어! 맞아. 그럴 수도 있을 것 같아!"라고 하며 공감과 존중을 하였다.

놀이 할 때 아이들의 무궁무진함이 잘 보인다. 놀이 방법을 아이들이 정한다. 한 아이가 "선생님, 저랑 '가위바위보 하나 빼기 일' 하자요!"라고 말하며 다가왔다. 아이와 '가위바위보 하나 빼기 일' 놀이를 하다가 놀랐다. 내가 어렸을 때 놀이 했던 방법과 달랐기 때문이다. 예를 들어, 이 놀이를 할 때는 양손으로 가위, 바위, 보 중에서 자기가 원하는 것을 낼 수 있다.. 그 후에 "하나 빼기 일!"이라고 할 때 둘 중 하나를 골라서 낸다. 그러나 아이들의 놀이에서는 둘 중에서 골라도 마지막에 낼 때는 바꿀 수 있다. 아이들이 만든 놀이 방법인 것이다. 그 외의 손놀이도 같은 노래로 하더라도 다른 방법으로 하였다. (ex: 우정 테스트, 개울가에 올챙이 한 마리 등.)

아이들의 무궁무진한 생각들은 미술 활동할 때 뚜렷하게 보인다. 미술 활동은 창의력과 상상력을 마음껏 발휘할 수 있도록 도와준다. 미술은 남자아이들보다 여자아이들이 많이 한다. 그래서 주로 여자아이들의 독특한 생각을 볼 수 있다. 친구와 스마트폰을 만드는 모습을 볼 때, 스마트폰이라는 같은 종류의 만들기를 하면서도 누가 만드는지에 따라서 모습이나 기능이 다르다. 남자아이들 사이에서는 요즘 잘 날아가는 종이비

행기를 만드는 것이 유행이다. 어떻게 만들면 더 빨리 오래 날아갈 수 있는지를 생각하며 아이들의 비행기 기능은 더욱 발전한다. 이렇게 미술 활동에서도 아이들의 무궁무진한 생각을 알 수 있다.

6

완벽하고 싶은 아이의 마음을
알아줘야 하는 이유

'완벽주의'는 목표를 이루기 위해 끊임없이 노력해야 하는, 보다 완벽한 상태가 되어야 한다고 믿는 신념이다. 즉, 모든 것을 완벽하게 함으로써 자신에게 돌아올지도 모르는 비난이나 비평을 면하려는 심리적 방어 기제이다.

어렸을 때를 떠올려 보자. 무엇이든지 잘하고 싶은 마음이 들었던 적이 있나? 완벽주의였나? 나는 무엇이든지 잘하고 싶었다. 그래서 늘 열심히 주어진 일에 최선을 다했다. 어떤 사람들은 완벽한 존재가 되고 싶어 한다. 그러나 사람은 신이 아니어서 완벽할 수 없다. 누구나 보완할 점이 있는 것이다. 꿈을 꾸고, 그것을 이루기 위해서 목표를 세우고, 이를 달성하기 위해 열심히 최선을 다하는 것은 좋다. 그러나 완벽해지기 위해서 자신을 비판하며 자존감을 내리는 것은 옳지 않다. 꿈을 이루기 위해서는 자신을 더욱 사랑해 주고 보듬어 주어야 한다.

어른뿐만 아니라 아이도 완벽함을 추구한다. 글씨를 쓸 때는 예쁘게 쓰고 싶은 마음에 썼다가 지웠다가 반복한다. 미술 놀이를 할 때는 작품을 완성한 후, 마음에 들지 않으면 구기거나 찢어서 쓰레기통에 버리기도 한다. 이때 우리는 완벽하고 싶은 아이의 마음을 잘 알아주고 공감해야 한다. 우리는 자라나는 새싹들에게 처음에는 누구나 잘하지 못한다는 것, 누구에게나 처음은 있다는 것, 포기하지 않고 꾸준히 하면 이전보다 더 나아질 것을 알려 주어야 한다.

아이가 바라보는 어른은 무엇이든 다 해낼 것 같은 존재이다. 아이들은 어른의 아이 시절을 본 적이 없으니, '아, 저 사람은 태어났을 때부터 컸구나.'라고 생각한다. 그러나 어른에게도 꼬꼬마 아이였던 시절이 있다. 나도 마찬가지이다. 한 아이가 그림을 그리고 있었다. 원하는 대로 그림이 그려지지 않자, "선생님, 토끼 좀 그려 주세요."라고 부탁하였다. 나는 토끼를 그려 주었다. 그러자 아이가 "우와! 선생님 그림 왜 이렇게 잘 그려요?"라고 물었다. "선생님은 처음부터 그림을 잘 그리지는 않았어. 선생님은 그림 그리기를 좋아해서, 어렸을 때부터 지금까지 계속 그렸었거든? 그래서 어렸을 때 그렸던 그림보다 더 잘 그리게 되는 거

야."라고 이야기 해 주었다. 그 이후에는 "예송이가 토끼를 그리고 싶었
는데 마음대로 잘 그려지지 않아서 속상했어?"라고 물어보았다. 그러자
아이가 시무룩한 표정을 지으며 "네. 토끼를 귀엽고 예쁘게 그리고 싶은
데, 선생님처럼 잘 안 그려져요."라고 말하였다. 아이의 말을 듣고 "예송
아, 그러면 선생님이 토끼를 그려 주었으니까 예송이가 한번 꾸며 볼래?
예송이 꾸미기 잘할 것 같은데? 아까 미술 놀이 할 때 보니까 잘 만들더
라!" 하며 아이를 칭찬하면서도 자신감을 가질 수 있게 말해 주었다. 아
이는 그 말을 듣고 토끼의 머리에 예쁜 리본을 그리고 색칠하였다. 토끼
의 머리에도 예쁜 머리핀을 그려 주었다.

　완벽하고 싶은 마음은 종이접기에서도 느껴진다. 종이접기를 잘하는
아이가 있는 반면에 어려워하는 아이가 있다. 종이접기를 잘하는 아이들
은 "나, 이거 할 줄 알아. 나는 이거 접을 수 있어. 완전 잘해."라고 하며
도움이 필요한 친구들을 도와준다. 종이접기를 어려워하는 아이들은 종
이접기 책을 보며 접다가 잘 안 되면 꼬깃꼬깃해진 종이를 교사에게 건
네며 "선생님, 저는 이거 못해요. 도와주세요.", "선생님, 해 주세요."라
고 말한다. 시무룩한 표정을 지으며 자신감이 없어 보이는 모습을 하는
아이들에게 "예빈아, 할 수 있어! 잘 모를 수도 있어! 선생님도 잘 모르
는 것은 색종이 접기 책을 보고 해."라고 이야기한다. 시간이 빠듯할 때
면 그냥 내가 접어서 완성해서 아이에게 주지만, 시간적 여유가 있을 때

는 다른 색종이를 가지고 와서 내가 접는 것을 보고 따라 할 수 있도록 한다. 누구나 연습이 필요한 것이다. 완벽해지고 싶어 하는 모습을 보며 "있잖아. 선생님도 처음부터 잘하지 않았어. 선생님도 일곱 살 때 이거 잘 못 했어. 하다 보니까 실력이 늘었어. 지금은 잘하게 되었지!"라고 이야기한다.

내가 만약 개미라면 어떤 방을 갖고 싶은지 생각하며 방을 꾸미는 활동이 있었다. 아이들이 방을 어떻게 꾸미는지 궁금해서 돌아다니며 아이들의 그림을 보았다. 어떤 아이는 거침없이 그림을 그리고, 어떤 아이는 그림을 그렸다가 지우는 행동을 반복하였다. 종이를 보며 한숨을 쉬는 예빈이에게 "왜? 뭐가 잘 안 되니?" 하고 물어보았다. 그러자 예빈이가 "선생님, 저 잘 못 하겠어요. 어떻게 그려야 할지 모르겠어요. 토끼도 잘 안 그려져요."라고 말하였다. "예빈아, 그림이 잘 안 그려져서 마음이 답답했구나? 천천히 그려도 돼! 너의 방을 꾸미는 거니까 네가 그리고 싶은 대로 그리면 되는 거야."라고 말해 주었다. 그러자 예빈이는 고개를 끄덕이며 그림을 그리기 시작했다. 또 다시 그림을 그리다가 연필의 흔적을 지웠다. 이후에 같은 책상에 있던 친구가 그리는 토끼 그림을 힐끔 쳐다보며, 자신의 종이에 최대한 비슷하게 그렸다. 이 모습을 본 나는 예빈이에게 "예빈아, 그림에 정답은 없어. 예빈이가 그리는 그림이 곧 정답이야."라고 이야기를 해 주었다. "선생님은 예빈이의 그림을 보고 싶어.

예빈이 지난번에 보니까 그림 잘 그리던데? 그림에서 다른 친구와 또 다른 매력을 봤어! 한번 보여 줄래?"라고 하며 격려를 해 주었다. 그러자 자신감을 가지고 그림을 그리기 시작했다. 한참을 열중하며 그림을 그리던 아이는 "선생님! 이것 좀 보세요!"라고 하며 자신이 그린 개미의 방을 보여 주었다. 아이가 그린 개미의 방을 보며, 이 아이만이 생각하고 그릴 수 있는 그림이라는 생각이 들었다. 아이는 신난 모습으로 해맑게 웃으며 방을 어떻게 꾸몄는지 설명하였다.

태어날 때부터 완벽을 추구했을까? 절대 그렇지 않다고 생각한다. 분명 부모님이나 다른 누군가를 통해서 더 잘하고 싶은 마음이 들었을 것이라고 짐작한다. 칭찬하는 것은 좋지만 과도한 칭찬은 아이가 완벽을 추구하게 만드는 지름길이다. 그래서 무엇이든지 '적당히'가 필요하다. '적당히'라는 말이 이 세상에서 가장 어렵게 느껴진다. 그러나 계속하면 언젠가 기준점을 찾을 수 있을 것이다.

나만 못하는 것일까 봐 자책하고 남들보다 뒤에 있지 않기 위해서 다른 사람에게 부탁하고 완성하는 것이 아닐까? 실패를 두려워하지 않게 잘 성장할 수 있도록 하기 위해서는 아이들의 부탁을 무엇이든지 다 들어주면 안 된다. 스스로 할 수 있도록, 해낼 수 있도록 이끌어 주어야 한다. 그것이 아이를 위한 길이다. 장기적으로 봤을 때 실패의 경험을 맛보게 하면서 다시 일어서는 방법을 깨닫게 하는 것이다. 이 시기에 어떻게 지원을 해 주었느냐에 따라서 어른이 되었을 때 자립할 수 있는지, 의존적인 사람이 되는지의 차이가 드러난다. 어렸을 때는 확연한 차이가 드러나지 않는다. 그래서 이 부분이 얼마나 중요하고 큰 것인지에 대해 인지하지 못한다. 어렸을 때 부모나 교사, 어른들은 이 부분에 대해 중요하게 생각하고, 어떤 선택이 아이를 위한 것인지 올바른 판단을 해야 한다.

잘하고 싶은 아이에게 필요한 것은
따뜻한 말 한 마디

인정받고 싶은 마음

인정받고 싶은 욕구는 모든 사람이 가지고 있을까? 인정 욕구는 선천적일까, 후천적일까?

아이들은 인정받고 싶은 욕구를 가지고 있다. 대상이 부모든, 교사든, 그 외의 인물이든. 누군가로부터 자신이 잘하는 것에 대해 칭찬받고 싶어 한다. 칭찬 한마디에 무장해제가 되는 아이들. 이 아이들의 인정받고 싶은 욕구는 유치원 일상에서 흔히 볼 수 있다.

나는 일주일에 한 번 정도 세 반에 들어가서 정기적으로 수업을 한다. 7세가 하기에는 교재의 난이도가 높은 편이기에, 어려워하는 경우도 있다. 반면에 혼자서 척척 잘하는 아이도 존재한다. 어려움을 느끼며 조금 천천히 따라오고 있는 모습을 보며 응원하였다. 이후 어떻게 하는 것인지 알려 주었다. 그때 이미 그날 주어진 분량을 다 한 아이가 "선생님, 저는 이거 혼자서 스스로 다했어요. 잘했죠?"라고 말했다. 내용을 잘 이해하고 스스로 한 부분에서는 대단하다는 생각이 들었지만, 조금 천천히 하고 있었던 아이 앞에서 하기에는 별로 좋지 않은 말처럼 느껴졌다. '나는 이거 잘 못 하는데, 쟤는 스스로 하네. 왜 나는 이거 잘 모르지? 왜 이리 어렵지?'라고 생각할 수 있어 보였다. 혼자서 스스로 다했다고 이야기하는 아이의 심리는 '선생님, 저 칭찬해 주세요. 칭찬받고 싶어요. 나, 이거 스스로 했잖아요. 잘했잖아요.'라고 하는 것처럼 보였다. "미소가 내용을 잘 이해하고, 스스로 도전했구나?"라고 하며 아이의 마음을 알아주고 인정하며 잘했다고 칭찬하였다.

어떤 아이는 "난 이거 할 줄 아는데, 너는 잘 못 하네."라고 말하기도 한다. 이때, 칭찬을 먼저 하기보다는 그 말을 들은 친구가 속상할 수 있다는 점을 알려 준다. 다른 사람의 마음에 상처를 주는 것은 옳지 못한 행동임을 알려 준다. "승민아, 승민이가 방금 한 말을 들었을 때 친구의 기분이 어떨 것 같아?", "승민이가 만약 그 말을 친구에게 들었다면 기분이 어떨 것 같아?", "승민이가 이것을 잘하는 것처럼 친구는 다른 부분에서 잘하는 게 있단다. 친구가 속상해할 만한 말을 하지 않았으면 좋겠어."라고 말하며 자기 행동을 돌아볼 기회를 주어야 한다.

인정받고 싶어 하는 욕구는 모든 분야에서 나타난다. 아이들에게 '1등'이 최고다. 줄 서기를 할 때도 1등, 한글과 수학 활동을 할 때도 1등으로 해야 한다. 그리고 밥 먹을 준비도 1등으로 해야 하고, 만들기 시간에도 1등을 해야 하고, 화장실을 갈 때도 뛰어가며 1등을 해야 한다. 1등은 마치 햄스터의 쳇바퀴처럼 쉼 없이 바쁘게 돌아간다. 1등을 하고 싶고 인정받고 싶어 하는 욕구는 존중한다. 그러나 친구를 비난하면서까지 인정받고 싶어 하는 것은 참 안타깝다.

나도 어렸을 때 인정과 칭찬을 받고 싶어 했다. 인간의 자연스러운 갈망 욕구일까? 나에게는 두 살 차이가 나는 오빠가 있고, 다섯 살 차이 나는 여동생이 있다. 샌드위치의 속처럼 중간에 껴 버린 나는 호기심이 많아서 이것저것 많이 해 본 것도 있지만, 그 가운데서도 부모님이나 선생님으로부터 인정받고 싶어 했다. 그래서 더 잘하려고 열심히 노력했다.

아이를 있는 그대로 봐 주는 것은 어떨까? 무언가를 잘할 때만 칭찬하는 것이 아니라, 아이가 본연에 가진 모습을 예쁘게 바라보아야 한다. 칭찬할 때도 일차원적으로 '잘했어.', '최고야.'라고 하는 것이 아니라, 구체적으로 어떤 부분을 어떻게 잘했는지 포인트를 짚어 주어야 한다. 훈육할 때도 마찬가지이다. 정확하게 아이가 잘못을 한 부분을 짚어 주어야 잘못한 점을 깨닫고 개선하기 위해 노력할 수 있다.

정신의학자 '알프레드 아들러(Alfred Adler)'는 '모든 아이는 인정을 받고 싶어 하는 참을 수 없는 욕구를 가지며, 어떤 아이도 이런 욕망 없이 성장할 수 없다.'라는 말로 설명한다. '매슬로우의 5단계 욕구 위계 이론(Maslow's hierarchy of needs)' 중, 4수준에 해당하는 자아 존중 욕구가 있다. 자아 존중 욕구란 자신의 능력과 업적에 대한 인정과 존중, 자신을 믿고 존중할 수 있는 욕구로 자신의 능력을 인정받고 존경받는 욕구를 의미한다. 즉, 인정받고 싶은 욕구는 자연스러운 현상이라는 것이다. 인정의 욕구는 생존의 욕구와도 관련이 있다. 누군가로부터 인정과 존중을 받아야 그것이 삶의 활력소가 되기 때문이다. 인정받고 싶은 욕구가 높은 아이의 특징을 정리하면 다음과 같다.

인정받고 싶은 욕구가 높은 아이의 특징

1. 자신이 하는 일에 열정이 넘친다.
 – 열심히 해야 칭찬을 받을 수 있고, 보상받을 수 있다고 생각한다.

2. 자신이 완벽하게 하지 못할 것 같은 일이나 한 번도 하지 않았던 잘 모르는 것은 시도하지 않는다.
 – 머뭇거리거나 주저하는 행동을 보인다.
 – 행동의 결과로 인정을 받아야 하는데, 결과를 예상할 수 없다는 판단이 될 때는 자신 없는 모습을 보인다.

외재적 동기보다 내재적 동기 부분에서 정서적인 지지를 주어야 한다. 아이가 스스로 노력한 과정에 대해서 만족할 수 있도록 응원해야 한다. 인정 욕구는 자존감과 소속감과도 연결이 되어 있다. 이렇게 여러 가지로 연결된 부분이기에 우리는 더 관심을 가지고 아이가 건강하게 잘 자랄 수 있도록 지원해야 한다. 타인으로부터 나 자신을 인정받는 것만이 아닌, 내가 나에 대해 생각하기에 얼마나 가치 있는 사람인지를 깨달을 수 있도록 도움을 주어야 한다. 그렇게 매슬로우의 욕구 단계 이론(Maslow's hierarchy of needs) 중에서 '자아실현의 욕구'가 충족되는 것이다. 스스로 자신감을 느끼고 하고자 하는 것의 목표를 세우고 달성하기 위해서 살아가는 것. 그것이 바로 아이가 건강하게 잘 자랄 수 있도록 하는 길이다.

아이의 장점을 바라봐주세요

아낌 없이 칭찬해주세요

칭찬은 아이들을 춤추게 합니다

8

하루아침에 달라지는 건 힘들어

다음 질문에 대해 생각해 보자.

'나의 습관은 무엇인가?'
'좋은 습관에는 어떤 것이 있고, 나쁜 습관은 무엇일까?'
'좋지 않은 습관을 개선하기 위해 어떤 노력을 했는가?'

'습관'. 익힐 습(習), 버릇 관(慣). '익혀진 버릇'이라는 뜻이다. 여러 번 오랫동안 되풀이하면서 몸에 밴 행동을 '습관'이라고 한다. 보통 사람들은 습관을 '좋은 습관'과 '나쁜 습관'으로 나눈다. 좋은 습관보다 나쁜 습관을 들이기가 더 쉽다. 그만큼 좋은 습관을 들이는 것에 충분한 시간이 필요하다.

아침잠이 많아서 늦게 일어나는 가은이는 오늘도 엄마의 잔소리와 함께 아침을 맞이한다. 아이를 유치원에 무사히 보내야 하는 임무를 수행해야 하는 엄마의 속은 타들어 간다. 마음이 너무 급한 나머지 엄마가 아이를 씻기고, 밥을 떠먹여 주고, 옷을 입혀 주고, 양말을 신겨 준다. 그렇게 하루하루가 반복된다. 아이의 속도를 보며 답답한 마음에 다 해 주는 엄마는 이제는 혼자 스스로 척척 했으면 하기를 원한다. 그러나 이는 모순적이다. 날마다 답답한 마음에 엄마가 아이가 해야 하는 것을 다 해 주었기 때문이다. 아이가 스스로 할 수 있게 기다려 주지 않고, 기회를 주지 않으면서 어떻게 이보다 더 나아가는 성장을 기대할 수 있을까? 천천히 하는 아이를 보며 답답하게 느껴지는 마음을 충분히 안다. 그래도 그 모습이 아이의 성향이기에 이해하고 고려해야 한다. 양말이나 신발을 왼쪽, 오른쪽 두 발 다 신겨 주는 것이 아니라 아이가 스스로 신을 수 있도록 해야 한다. 옷을 입을 때도 엄마가 골라 주는 옷뿐만 아니라, 어떤 날에는 아이가 고른 옷을 입고 갈 수 있도록 기회를 주어야 한다. 그렇게 아이들은 주체적인 인간으로 성장한다.

한 아이의 어머니께서 "요즘 애 동생이 아침마다 옷을 한참 동안 골라서 너무 힘들어요. 어차피 결국에는 처음 골랐던 옷으로 입을 거면서……."라고 말씀하셨다. 얼마나 힘들고 마음이 답답하셨으면 안면이 별로 없는 내 앞에서 하셨을까. 옷을 한참 동안 고른다고 하였던 아이는 안 좋은 시선으로 보면 고집이 센 거지만, 나름대로 자기의 의견을 내며 주체적인 모습을 보여 주고 있다.

'세 살 버릇 여든까지 간다.'라는 속담이 있다. 어릴 때 몸에 밴 버릇은 나이가 들어도 쉽게 고칠 수 없다는 의미를 담고 있다. 그러므로 어렸을 때부터 나쁜 습관이 들지 않도록 잘 가르쳐야 한다는 뜻이다. 누구나 크고 작은 버릇을 가지고 있다. 이러한 버릇은 아주 어렸을 때부터 하나씩 생기기 시작한다. 그런데 왜 '세 살'이라고 했을까? 한 살 또는 두 살 때는 아직 자기가 누구인지 스스로 깨닫거나 알지 못한다. 세 살쯤이 되어서야 서서히 자기에 대해 알아 간다. 이 시기에 사용하는 말이나 행동을 비롯한 여러 가지 습관이 몸에 익기 시작하는 것이다. 세 살 때는 언어 습관이 잘 형성되는 아주 중요한 시기라서 옛날부터 세 살짜리 아이 앞에서는 옳지 않은 행동이나 모습은 보이지 않으려 했다고 한다. 우리는 아이들 앞에서 올바른 말과 행동을 해야 한다.

아이는 하루아침에 달라지지 않는다. 갑자기 달라지는 것은 힘들다. 그래서 단계적으로 나아질 수 있도록 유도해야 하며, 계속 반복하며 올바른 행동을 아이에게 노출해야 한다. 유치원에서 아이들과 함께하다가 문득 '요즘 아이들은 예전의 아이들보다 더 손이 많이 가는 것 같다'는 생각이 들 때가 있다. 점심시간에 아이들이 다 사용한 식판을 정리할 때 확인한다. 점심을 잘 먹었는지, 남긴 반찬이 있는지, 밥알을 잘 긁어 먹었는지를 항상 확인한다. 유독 채소를 안 먹는 아이, 밥알을 깨끗하게 긁어 먹지 않는 아이, 먹기 싫다고 반찬을 많이 남겨 오는 아이, 밥알이나 반찬을 옷에 묻혀 오는 아이가 있다. 그중에서 밥알이나 반찬을 옷에 묻혀 오는 아이에 대한 이야기이다.

유독 옷이나 책상, 교실 바닥에 밥알을 떨어뜨리는 아이가 있다. 식판에 밥알을 많이 붙여 오기도 한다. 개선할 수 있는 방법을 고민하였다. 다음 날, 아이가 밥을 먹기 전에 "오늘은 한번 소매를 걷고 먹어 보자." 라고 말해 주었다. 확실히 소매를 걷고 식사하니, 소매에 밥알이 묻는 일이 없었다. 그러나 옷 가운데 부분에는 밥풀이 붙어 있었다. 다음 날에는 "옷 가운데 부분에 밥알을 묻히지 않고 먹어 보자."라고 하였다. 아이가 옷에 밥풀이 묻는 것을 의식하는지, 의식하지 않는지에 따라 차이가 드러난다. 이후에는 "식판에 있는 밥알을 긁어 먹고 오자."라고 말해 주었다. 그러자 아이가 밥알을 긁어 먹는 것을 열심히 노력해서 전보다 식판이 더 깨끗해졌다. 이렇게 아이에게 단계적으로 하나씩 수행할 수 있게 제시해 주어야 아이가 잘 따라올 수 있다.

나는 아이가 나아지기를 기대하며 할 수 있다고 믿는다. '에이~ 아이가 밥알 좀 묻힐 수 있지. 별걸 가지고 되게 뭐라고 하네.'라고 생각하는 사람이 있을 것이다. 나는 아이가 밥알을 옷에 묻히고, 책상과 바닥에 흘리고, 식판에 있는 밥알을 긁어먹지 않는 부분에 대해서 잘못되었다고 생각하거나 혼내려고 하는 게 아니다. 옷이나 바닥, 책상에 흘릴 수 있다. 볼에 밥알을 묻혀 올 수도 있고, 식판에 있는 음식을 다 긁어 먹지 않을 수 있다. 그러나 자신이 흘린 것을 부모나 교사가 대신 치워 주는 것이 아니라 스스로 할 수 있어야 한다. 나는 교육자이다. 교육자 중에서도 어린아이들을 교육해야 하는 사람이다. 개별적으로 적합한 교육을 하기 위해 끊임없이 공부하고 연구해야 한다. 하루아침에 아이가 달라지지 않는다는 것을 기억하고, 인내심을 가지고 아이들을 이끌어야 하는 유치원 선생님이다.

아이뿐만 아니라 어른도 목표를 세우고 그것을 달성하기 위해 행동하기까지 오랜 시간이 걸린다. 아직 성장과 발달을 다 하지 않은 아이가 좋은 습관을 들이기에도 시간이 오래 걸린다. 사람마다 습관을 들이고 수정하는 시간에 차이가 있다. 누구든지 한순간에 바뀌기는 쉽지 않다. 그렇기 때문에 우리는 사랑의 마음과 눈으로 아이를 기다려 주어야 한다. 그것이 아이가 변화되기를 원하고 기대하는 올바른 태도이다.

하루아침에 달라지는 건 어른도 힘듭니다

사랑의 눈으로 인내하는 마음으로 아이를 기다려야 합니다

3장

세상을 이해하는
환경 구성 방법

$$\textbf{1}$$

엄마가 건강해야 아이도 건강하다

아이를 잘 교육하는 엄마들이 있다. 여기서 '아이를 잘 교육한다'에 담긴 의미는 공부를 잘하는 것처럼, 지적 능력 발달 부분에만 해당하는 게 아니다. 정서적 능력도 포함된다. 아이가 여러 방면에서 건강하게 자랄 수 있도록 교육을 잘하는 사람들에게 공통점이 있다. 그것은 바로 건강하다는 것이다. 이런 사람들은 하루 24시간 중, 온전히 나를 위해 보내는 시간이 있다. 독서하거나 자신이 원하는 것을 한다. 육아하며 온전한 나의 삶에 집중하는 것은 생각보다 어렵다. 그러나 그것을 해내는 사람들이 있다. 자기가 하고 싶은 일을 하면서 삶을 살아갈 힘을 얻는다.

엄마가 건강해야 아이도 건강하다. 부모의 모습을 많이 보고 자라고 닮는다. 아이의 행동이나 말투에서 양육자의 향기가 묻어 나온다. 마치 손에 핸드크림을 바르면 잔향이 남듯이, 부모와 아이의 관계도 그렇다.

어떻게 건강한 삶을 살 수 있는지 궁금할 것이다. 주변에 아이가 있는 엄마들을 보면 문득 그런 생각이 든다. 엄마가 되면, 그들의 삶이 사라지는 것일까? 결혼하고 아이가 태어나면 엄마의 자유는 점점 사라진다. 그러나 그들의 삶이 사라지는 것은 아니다. 건강해지는 방법 중, 가장 최고의 방법은 좋은 것을 자주 보고 듣는 것이다. 스스로에 대해 깊이 생각하는 시간도 필요하다. 이를 모두 충족시키는 것은 '독서'라고 생각한다. 책의 종류는 참 다양하다. 그중에서 엄마의 삶에 대한 공감과 위로를 받고싶을 때는 육아서를 읽으면 된다. 그냥 때에 따라서 정보를 얻을 수 있고, 공감과 위로를 받을 수 있다. 그리고 조언을 해 주기도 하는 책은 엄마뿐만 아니라, 모든 사람에게 유익한 친구이다. 이렇게 혼자만의 시간을 가지게 되면, 넘어지다가도 다시 일어설 힘을 얻게 된다.

엄마가 건강해야 아이가 건강할 수 있다는 생각을 하며 '태교'가 떠올랐다. '태교 동화', '태교 음악' 등 임산부에게 필요한 좋은 것을 많이 제시하는 요즘. 정보가 다양하다. 엄마의 생각이나 행동, 마음, 먹는 것이 태아에게 영향을 많이 준다. 그래서 엄마는 마음의 정원을 잘 가꿔야 한다.

내가 어렸을 때 본 엄마의 모습은 일자로 우뚝 선 나무였다. 어떠한 어려운 상황에서도 흔들리지 않는 튼튼한 뿌리를 가지고 있는 나무. 밤늦게 퇴근하신 후에도 독서를 하거나 공부하시는 모습을 보았다. 엄마를 바라보며 마치 나무의 줄기가 쭉쭉 뻗어 나가는 것이 연상되었다. 목표를 달성하실 때는 나무에 열매를 맺는 모습이 떠올랐다. 나에게 언제나 든든한 나무였다. 확고한 생각을 가지며 더 올바르고 나은 선택을 하기 위해 고심하는 모습은 신중해 보였다. 이렇게 아이는 엄마가 생각하는 것보다 더 많이 엄마의 모습을 관찰한다.

엄마를 이렇게 좋아하게 된 이유는 진짜 평범하면서도 중요하다. 내가 어렸을 때부터 자신이 바쁜 삶을 살더라도 자녀와 함께 시간을 보내셨다. 병원에서 퇴근하신 후에는 자녀들이 꿈나라에 가기 전에 항상 책을 읽어 주셨다. 등장인물의 목소리를 바꾸시며 생동감 있고 재미있게 동화를 들려주셨다. 그리고 오늘 하루는 어땠는지 물어보셨고, 공감해 주셨다. 청소년기에는 자아가 흔들리는 시기이다. 마음이 불안할 때는 안심시켜 주시고, 이야기를 들어 주시고, 나에게 필요한 조언을 해 주셨다. 답답한 마음에 큰소리를 내 보기도 하고, 방문을 쿵 닫고 "바람이 그랬어요."를 외치던 시절이 있었다. 엄마와 생각이 다를 때는 부딪힌 적도 있지만, 시행착오를 겪으며 엄마와의 사이가 더 가까워졌다. 스물세 살인 지금의 나는 아직도 변함없이 엄마와 잘 지내고 있다. 친구처럼 사이가 가깝다. 아이는 엄마와의 애착이 잘 형성되어야 어른이 되어서도 안정감을 느끼며 지낼 수 있다.

'애착'이란 양육자나 특별한 사회적 대상과 형성하는 친밀한 정서적 관계를 말한다. 애착을 처음 제안한 '볼비(Bowlby)'는 특히 생후 1년 동안 유아와 양육자 사이의 초기 관계의 질이 애착을 형성하는 데 가장 중요하다고 말한다. 이러한 애착 행동은 내적 작동 모델을 통해서 일반적으로 한 개인의 인생에서 맺어지는 모든 대인관계에 영향을 준다. 초기 애착 관계에서 아동이 부모에게 지지와 신뢰감을 받았다면, 성인이 되어서도 타인과 신뢰 있는 긍정적인 관계를 형성할 수 있다. 에인스워스(Ainsworth)는 애착을 네 가지 유형인 안정 애착, 불안정 애착, 회피 애착으로 분류했다. 애착이 중요한 이유는 어렸을 때의 관계 형성의 경험이 미래에도 크게 영향을 주기 때문이다.

우리는 부모를 선택하지 못한다. 그래서 살아가는 환경 또한 선택하지 못한다. 좋은 환경, 좋은 부모 밑에서 자라고 싶어도 마음대로 정할 수가 없다. 어렸을 때 부모에게 아픔을 받은 사람은 그 아픔이 익숙하기에 나중에 아이를 낳고 키울 때 아픔을 물려줄 수 있다. 아이를 건강하게 키우기 위해서는 엄마는 나 자신과 마주하는 시간을 가져야 하고 아픈 부분을 치료해야 한다. 반드시 내면의 아이와 대화해야 한다.

유치원에서 아이들이 하는 말을 듣거나 행동을 보면, 그들이 살아가는 환경을 짐작할 수 있다. 어떤 아이는 똑 부러지게 자신의 할 말을 다 한다. 그리고 화가 나면 나쁜 말을 하는 모습을 보일 때도 있다. 자신의 마음에 들지 않으면, 바닥에 누워서 어리광을 피우기도 한다. 어떤 아이는 감정을 행동으로 표현하며 친구를 때리기도 한다. 올바르지 않은 행동을 하는 모습을 볼 때 참 안타깝다. 가정에서 양육자가 그렇게 행동하고 있을 모습이 머릿속에 그려져서 더 마음이 아프다. 아이를 생각하다가 양육자의 어린 시절을 생각하기도 한다. 어렸을 때 아픔이 많으셨을 거라는 짐작을 한다. 아픈 시절이 있는 양육자는 꼭 그것을 마주하고 치료해야 한다. 아이를 위해서, 그들을 위해서 말이다. 건강하지 않은 상태에서 아이를 만나면, 분명 시간이 지나고 다시 자신에게 돌아올 것이다.

이 세상에 있는 모든 엄마를 응원한다. 아이와 가정을 위해 하루하루 바쁜 나날을 보내는 엄마들이 자신에게도 많은 사랑을 주었으면 한다. 엄마도 누군가의 귀한 자녀이고, 사랑받아야 할 존재이기 때문이다. 바쁜 일상을 잠시 멈추고 나에 대해서 생각해 보자. 나는 무엇을 좋아하는지, 어떤 일을 할 때 기쁨과 행복을 느끼는지 말이다. 내가 싫어하는 것은 무엇인지와 이유도 생각해 보자. 이러한 부분에 대해서 생각할 때, 1인칭 시점이 아닌 3인칭 시점으로 나를 들여다보아야 한다. 특히 힘든 부분을 생각할 때 객관적으로 바라보면 좋다. 3인칭 시점으로 봐야 하는 이유는 나의 아픔을 들여다볼 때 더 자세하게 볼 수 있고 너무 감정적으로 생각하게 하는 것을 방지할 수 있기 때문이다. 먼저 객관적으로 들여다보고 상황을 정리하고, 그 아픔을 어떻게 치료할 수 있을지에 대한 해결 방안을 생각해야 한다. 나는 아빠로부터 받은 상처가 있는데, 처음에는 감정적으로 상황을 들여다봐서 마음이 아주 힘들었다. 아빠는 나를 존중하지 않는다고 느꼈다. 그런데 생각해 보니 아빠도 어린 시절이 있었다. 주변 사람들의 모습을 보고 배우셨고, 나에게 하신 모습이 곧 그것이었다. 이런 생각이 들면서 아빠의 행동을 이해할 수 있게 되었다. 당시에 얻은 깨달음을 노래로 만들었다.

어린 시절을 돌아보는 것이 나에게는 커다란 숙제였다. 그러나 마치 다른 사람이 겪은 일처럼 생각하고 3인칭 시점으로 들여다보니 내 생각을 잘 정리하고 해결 방법을 생각할 수 있었다.

하늘을 날아오르던 풍선

입가에 미소도 날아오르고

무지갯빛처럼 예쁘던 하루하루가 솟아오르네

장난기 많은 개구쟁이 어디로 갔을까

푸른 하늘 바라보며 행복한 웃음 짓네

지난날 돌아보면 웃음만 나오네요

어리석었던 내가 이제야 말하네요

날 웃을 수 있게 해 준 사람은 아빠였어요

아빠의 사랑을 이제야 알아요

솜사탕처럼 달콤한 추억

마음에 담아서 간직할게요

아빠의 어깨에 기대어 하루하루를 떠올릴게요

호기심 가득 어린아이 어디로 갔을까

푸른 하늘 바라보며 행복한 웃음 짓네

외로워 보이던 그 뒷모습

까만 그림자를 바라보네

먹물 빛처럼 어둡던 그대 모습을 떠올리네요

행복함 많은 바보 어디로 갔을까

높은 산을 바라보며 슬픈 웃음 짓네

지난날 돌아보면 웃음만 나오네요
담벼락 같은 삶들 하늘로 날려 봐요
내가 날 수 있게 해 준 사람은 아빠였어요
아빠의 사랑을 이제야 알아요

햇살처럼 따스했던 추억
마음에 담아서 간직할게요
아빠의 어깨에 기대어 하루하루를 떠올릴게요
웃음 가득한 바보 어디로 갔을까
높은 산을 바라보며 슬픈 웃음 짓네

아이는 엄마의 모습을 많이 닮아갑니다

엄마가 건강해야 아이가 건강합니다

(2)

교사가 행복해야 아이도 행복하다

유치원 교사의 직업을 갖고 있다면 아래의 질문을 보고 생각해 보자.

- "당신은 행복한가요?"
- "유치원 교사를 하면서 행복함을 느끼나요?"
- "유치원 교사가 천직인가요?"

나는 위의 질문에 이렇게 대답할 것이다.

- "행복할 때가 있고, 그렇지 않을 때도 있습니다."
- "아이들이 주는 행복이 큽니다."
- "유치원 교사가 천직인지는 아직 잘 모르겠습니다."

교사는 사명감으로 해야 한다. '사명감'이란 '주어진 임무를 잘 수행하려는 마음가짐'이다. 감정 조절을 하며 맡은 것을 잘 수행해야 한다. 감정이 있어야 할 때가 있고, 그렇지 않을 때도 있다. 그래서 행복하지 않을 때도 감정에 휘둘리지 않고, 묵묵히 일을 잘 수행해야 한다.

어렸을 때부터 주변 사람들에게 유치원 교사를 하면 잘할 것 같다는 말을 자주 들었다. 아이를 좋아하고 잘 놀아 주며, 눈높이를 맞추어 대화를 잘하기 때문이다. 내가 아이를 좋아하는 이유는 아이만이 가질 수 있는 웃음 덕분이다. 어떤 아이는 초롱초롱한 눈과 한껏 올라간 입꼬리를 보이며 웃고, 어떤 아이는 반달 같은 눈으로 눈웃음을 짓는다. 나는 아이들의 순수하고 해맑은 웃음이 너무 좋다. '웃음'은 삶의 중요한 의미다. 웃음을 통해 누군가의 피로를 풀어 주고, 한 생명을 살리기 때문이다.

대학생 시절에 생각한 유치원의 모습과 실제 현장의 모습은 달랐다. 교육 실습(유치원) 하기 전, 보육 실습(어린이집)을 먼저 다녀왔다. 보육 실습을 할 당시 5세(만 3세) 반을 담당했다. 아직 발음이 어눌한 어린아이들과 의사소통이 어려웠고, 같은 나이더라도 발달 수준이 달랐기에 수업할 때도 어려움이 있었다. 자기중심적 사고가 많은 유아기의 아이들은 친구들의 입장을 생각하기보다 자기 자신이 너무 중요했다. 그래서 놀잇감 쟁탈전이 많았다. 정신없는 일과를 보내고 난 후에는 몸이 녹초가 된 상태로 집에 갔다. 그때 문득 이런 생각이 들었다.

> '나 유치원 교사 할 수 있을까?'
> '너무 힘든데…… 만약 하더라도 금방 포기하지 않을까?'
> '내가 많은 아이를 잘 돌볼 수 있을까?'

실습할 때 이런저런 많은 고민이 떠오르면서 앞날이 캄캄해 보였다. 보육 실습이나 교육 실습을 하면서 유치원 교사는 병과 약 둘 다 받는 직업처럼 느껴졌다. 유치원 교사는 직업 특성상 많은 사람을 만나야 한다. 만나는 사람들의 연령대가 정말 다양하다. 사람들을 만나면서 이런저런 마음의 병을 얻기도 한다. 그 대상이 아이든, 부모든, 동료 교사든. 그럼에도 다른 누군가로부터 마음의 병이 치료되기도 한다.

교사가 행복해야 아이도 행복하다. '행복'의 의미는 생활에서 충분한 만족과 기쁨을 느껴 흐뭇한 상태를 말한다. 아이는 부모 다음으로 교사의 영향을 많이 받는다. 관찰하며 배우는 영유아기에 교사의 말과 행동을 잘 따라 한다. 그만큼 아이는 교사에게 영향을 많이 받는다. 선생님은 아이들이 건강하게 잘 자랄 수 있게 하기 위해서 행복해야 할 의무가 있다.

- "교사도 사람인걸요. 어떻게 항상 행복할 수가 있죠? 왜 늘 웃고 있어야 하고 행복해야 하나요?"

- "교사는 연기자여야 하나요?"

교사는 연기자여야 한다. 다양한 감정과 상태를 알아야 하는 중요한 유아기에 부정적인 감정을 주로 본다면, 아이의 감정의 대부분은 부정적일 것이다. 교사는 아이와 자신을 위해서 잘 웃어야 한다. 상호 이익인 것이다. 그렇다고 해서 억지로 웃거나 행복해지라는 의미는 아니다. 억지로 하는 것은 일시적인 효과를 볼 수 있지만, 장기적으로 가지 못한다. 그리고 스트레스가 될 수 있다. 마음이 건강해지는 방법은 사람마다 다르고, 여러 가지의 방법이 있다. 그중에서 내 삶에 적용했던 방법을 공유하려고 한다.

1. 하루에 감사한 것을 떠올린다. (감사 일기를 쓰면 더 좋다.)
- 처음에 감사한 것을 세 가지씩 찾을 때는 물질적인 것을 주로 생각하였는데, 점점 감사한 것을 찾다 보니 사소한 것 하나까지도 감사함을 느끼게 되었다.
(ex. 처음 → 이득과 관련된 일에 감사함을 느낌, 나중 → 한 손에 손가락이 5개씩 있다는 것에도 감사함을 느낌.)

2. 일기를 쓴다.

− 그날 무슨 일이 있었는지, 어떤 상황이었는지, 나의 감정은 어땠는지 등 하루를 돌아볼 수 있다.

3. 생각이 복잡할 때는 '뇌 구조' 그림을 그린다.

− 먼저 사람의 머리를 그리고, 그 안에 구름 모양을 여러 개 그린다. 구름 모양 안에 현재 내가 생각하고 있는 것들을 하나씩 꺼내 적었다. 떠오르는 것이 점점 없어질 때쯤 펜을 내려놓고 쓴 것을 보았다. 내 머릿속을 눈으로 한 번에 확인할 수 있다는 점이 좋았다. 그리고 그중에서 어떤 것을 우선으로 하고 수행해야 하는지 알 수 있었다.

4. 독서를 한다.

− 책을 읽으면서 힘들고 지쳤던 마음을 달래며 위로를 받는다. 독서하면서 도움이 될 만한 정보를 얻는다.

불평과 불만은 만병의 근원이고 웃음은 만병통치약이다. 웃음은 힘든 마음을 속일 수 있고, 감출 수 있고 잊게 한다. 부정적인 것만 바라보면 계속 부정적인 생각이 들듯, 긍정적인 면을 바라보면 더 긍정적인 부분을 찾을 수 있고, 그 방향으로 나아갈 수 있다.

코로나가 한창 전 세계를 뒤집던 시절, 보육 실습 기관의 원장님께서 이런 말씀을 하셨다.

"요즘 애들은 마스크 쓰는 게 익숙해서 걱정이야. 어떤 아이는 선생님의 입을 볼 수가 없으니까, 선생님 눈만 보고 화가 난 줄 알더라니까? 그래서 선생님 화난 줄 알고 울었다잖아. 그래서 선생님들 눈웃음도 많이 지어야 해. 그래야 아이들이 오해를 안 하거든."

그냥 무표정이든 입만 웃고 있든 아이들은 마스크에 숨겨진 교사의 입 모양이나 웃음을 볼 수 없다. 눈만 보고 이 선생님의 기분을 판단하는 것이다.

아이들은 웃는 모습을 더 좋아한다. 잘 웃는 선생님과 더 있고 싶어 한다. 아이가 하는 말이나 행동 하나에도 잘 웃어 줄 것이라고 생각하기 때문에, 잘 웃는 선생님과 더 이야기하고 싶어 한다. 더 호의적으로 다가간다. 교사도 감정과 사고가 있는 사람이기에 힘들 때가 있고, 행복하지 않을 때가 있다. 그래도 자신과 아이들을 위해서 건강해지는 방법을 찾아보고, 삶에 적용하면 좋겠다. 아이를 사랑하는 것처럼, 나 자신도 사랑해야 한다. 내 안에 사랑이 있어야 누군가를 사랑할 수 있다. 내가 좋아하는 것이 무엇인지를 생각해 보고 찾아보고 실행하면 마음의 건강을 회복할 수 있다.

행복해지는 방법은 단순합니다

내가 좋아하는 것을 찾고 하나씩 하면 됩니다

빠른 시간 안에 건강해지는 법

오늘 하루는 어땠는지 기록해보는 것은 어떨까요

$$3$$

잘 배운 교사는
정답을 주지 않는다

이것저것 주입식으로만 알려 주는 교사가 참된 교사일까? 바로 정답을 제시하는 교사가 좋은 교사일까?

아이가 궁금해하는 부분에 대해서 스스로 해결 방법을 생각하고, 시행착오를 겪는 그 과정이 정말 중요하다고 생각한다. 그 속에서 분명 깨달음이 있기 때문이다. 뭔가 많이 알아도 아이 앞에서는 몰랐던 척, 처음 알게 된 척을 해야 한다. 그렇다고 해서 너무 바보처럼 하라는 말은 아니다. 아이의 자신감을 높여 주기 위해 노력해야 한다는 것이다. 스스로 무언가를 깨닫는 기쁨을 느끼게 해 주어야 한다.

아예 정답을 주지 말라고 제한하는 것이 아니다. 단계별로 적절하게 답을 찾을 수 있게 질문하면 좋다는 것이다.

예시 상황)

아이: "선생님, 밥풀을 흘렸어요."
교사: "어떻게 하면 좋을까?"
아이: "닦아야겠죠? 근데 뭐로 닦아요?"
교사: "어떤 것으로 닦아야 밥풀이 잘 닦일까?"
아이: "휴지요."
교사: "그럼 휴지로 한번 닦아 보렴."

잠시 후.

아이: "선생님, 밥풀 때문에 끈적끈적한 게 있어요."
교사: "그러면 어떻게 하면 좋을까?"
아이: "휴지에 물 묻혀서 닦아요."
교사: "그럼 휴지에 물을 묻혀서 닦아 보렴."
아이: "선생님, 지워졌어요!"
교사: "잘했어. 다음에도 흘렸을 때 지금처럼 하면 된단다."

위의 예시처럼 아이와 의사소통하며 스스로 해결 방안을 찾을 수 있도록 하는 것이다. 사실 교사가 답을 모르는 것이 아니다. 밥풀을 흘렸다는 아이에게 처음부터 닦으라고 이야기를 해 줘도 된다. 그러나 잘 배운 교사는 정답을 먼저 주지 않는다. 아이가 한번 생각해 보고 시행착오를 겪는 과정을 중요하다고 판단하는 것이다.

교육 실습 때 내가 실습하고 있던 반의 미술 영역에는 천사 점토가 있었다. 남자아이든, 여자아이든 천사 점토에 사인펜을 콕콕 찍어서 원하는 색의 점토를 만드는 것을 정말 좋아했다. 열심히 흰색 천사 점토를 반죽하던 아이가 나에게 물었다.

아이: "선생님, 파란색이랑 노란색이랑 섞으면 무슨 색이에요?"

아이의 질문에 대한 답을 나는 알고 있었다. 초록색이 나온다고 말해 줄 수 있었지만 그렇게 하지 않았다.

교사: "무슨 색이 나올 것 같아?"
아이: "파란색이 노란색보다 진하니까 그냥 파란색일 것 같아요."
교사: "그럼 한번 파란색 사인펜과 노란색 사인펜으로 콕콕 찍어서 섞어 볼래?"

파란색 사인펜과 노란색 사인펜의 비율을 어떻게 하느냐에 따라서 다른 색깔이 나온다는 것을 나는 안다. 그러나 아이에게 바로 말해 주지 않았다. 아이가 색깔을 조합하며 과정과 결과를 보면서 깨닫게 해 주고 싶었기 때문이다.

아이: "선생님 그런데요. 노란색을 다섯 번 찍고 파란색을 한 번 찍었
는데 연두색이에요."
교사: "오! 노란색을 더 많이 하니까 연두색이 되었구나! 00이는 무슨
색깔이 필요한데?"
아이: "저는 초록색을 만들어야 하는데 어떻게 하죠?"
교사: "흠…… 초록색은 연두색보다 진할까, 연할까?"
아이: "에이. 선생님, 연두색보다 초록색이 더 진하잖아요!"
교사: "맞아, 그러면 노란색이랑 파란색 중에 어떤 색깔이 더 진할까?"
아이: "파란색이 더 진하잖아요! 아, 파란색을 더 콕콕 해야지."

아이는 교사의 질문에 생각하며 대답하였고, 결국 자신이 원하는 색깔
을 만들기 위해서 정답을 찾았다. 아이는 그렇게 성장하는 것이다. 잘 배
운 교사는 해결책에만 집중하기보다 더 나아가서 그들의 입장에서 생각
해 보아야 한다. 단기적으로 봤을 때는 해결책을 바로 내어 주는 게 좋을
수 있어도, 장기적으로 봤을 때는 스스로 문제나 상황을 해결할 수 있는
능력, 궁금한 것에 대해 생각하고 시도해 볼 수 있는 능력을 길러 주는
것이 아이들에게 훨씬 더 유익하다.

1. 아이의 질문에 역질문한다.

2. 아이가 생각한 방법을 존중하며 시도할 수 있도록 한다. (가능한 것이고 너무 위험하지 않으면 허용한다.)

3. 시도 과정을 칭찬한다.

4. 아이가 더 좋은 방법을 생각하면 또 시도할 수 있도록 한다.

5. 시도가 잘 되지 않으면, '이렇게 해 보는 건 어때?'라고 하며 교사의 의견을 슬쩍 흘려 준다. (동기유발과 대안 제시)

6. 상황이 해결되었을 때 칭찬을 한다. 그리고 어떤 방법을 사용해서 해결할 수 있었는지 물어본다.

7. 다음에도 같은 일이 생겼을 때 방법을 시도해 보자고 이야기를 해 준다.

교사가 방법을 알려 주어야 할 때가 있다. 소외된 아이가 친구들과 놀고 싶어 하거나, 원하는 놀잇감을 친구들이 모두 사용하고 있을 때, 친구와 신체적인 접촉이 있고 불편함을 느낄 때 등이 있다. 친구와 신체적인 접촉이 있을 때는 적극적으로 답을 주어야 한다. 놀이 하는 과정에서 서로 부딪치는 경우가 꽤 있다. 그리고 상대방의 의사를 묻지 않고, 친구의 몸에 손을 대는 아이가 있다. 나의 몸과 친구의 몸을 소중하게 생각해야 한다는 교육을 강조하는 이 시기에, 교사의 적절한 지원은 무엇보다 중요하다. 이렇게 안전과 관련된 것은 적극적으로 답을 제시해야 한다. 어떻게 하면 더 안전하게 놀이 할 수 있을지, 제한하는 이유가 무엇인지에 대해 눈높이에 맞추어 이야기한다.

아이: "선생님은 왜 안 된다고 해요?"
교사: "내가 다치면 누가 아파요?"
아이: "내가 아파요."
교사: "내가 다치면 누가 속상해요?"
아이: "내가 속상해요. 그리고 엄마랑 아빠도 속상해요."
교사: "친구가 다치면 누가 아프죠?"
아이: "친구가 아프죠!"
교사: "우리 친구들이 건강하게 놀이 하고, 다치지 않게, 속상하지 않기 위해서 선생님이 위험한 것들은 하지 않게 하는 거예요. 우리 몸 소중한가요, 소중하지 않은가요?"

아이: "소중해요!"
교사: "나의 몸, 친구의 몸 잘 지켜 줄 수 있지요?"
아이: "네!"

어떤 남자아이가 여자아이의 볼을 귀엽다는 이유로 여자아이의 허락 없이 만졌다. 여자아이는 남자아이의 행동에 대해 불편함을 느꼈다. 이처럼 내가 불편하다고 생각하는 상황에서 자신의 마음을 표현할 수 있도록 이끌어 준다.

교사: "얘들아, 친구가 나에게 하는 행동이나 말이 불편할 때 어떻게 하면 좋을까?"
아이: "'하지 마! 불편해!' 이렇게 해요."
교사: "그럼 불편한 마음을 '하지 마! 불편해!' 이렇게 이야기해 보자."

교사뿐만 아니라 어떤 직업이든 어떤 사람이든 삶에서 선택의 갈림길에 선다. 그 많은 직업, 사람 중에서 교사는 유아의 안전과 관련된 부분에서는 더욱 판단을 잘해야 한다. 아이가 생각할 수 있는 부분이라면 아이가 해결 방안을 생각하고 시도할 수 있게 해야 한다. 그러나 아이의 안전과 직결된 부분이라면 답을 알려 주어야 한다. 어렸을 때 이런 경험을 많이 한 아이들은 어른이 된 후에도 분명 더 많이 생각하고, 자립심이 강한 사람이 될 것이다. 잘 배운 교사는 정답을 주지 않는다.

답을 알아도 모르는 척하기

아이가 성장할 수 있는 방법입니다

4

한 번이 어렵지,
반복하면 가능하다

　무엇이든지 처음이 어렵지, 반복하면 누구나 가능하다. 처음 하는 것에 도전을 잘하는 사람이 있는 반면에 어떤 사람들은 자신이 경험하지 못한 것을 할 때 머뭇거린다. 한 번도 그 일을 해 본 적이 없어서 미래, 결과를 예측할 수가 없기 때문이다. 그리고 '과연 내가 잘할 수 있을까?' 하며 자기를 의심하기도 한다. 시작이 힘들 수 있지만 반복하면 익숙해진다.

　유치원 강당에 '한 발 줄넘기'가 있다. 한 발 줄넘기를 잘하는 아이가 있고 어려워하는 아이가 있다. 한 발 줄넘기를 잘하는 아이가 "선생님, 이것 좀 보세요!"라고 하며 열심히 줄넘기한다. 발에 자석이 달린 듯이 쉬리릭 잘하는 모습을 보며 감탄하고 있었다. 옆에 있던 아이가 뾰로통한 표정을 짓는다. 뾰로통해하는 이유를 물어보았다.

교사: "왜 그렇게 표정이 시큰둥해?"

아이: "저는 잘 못 하거든요."

교사: "에이~ 처음부터 잘하는 사람이 어디 있어? 선생님도 잘 못 해! 많이 안 해 봤거든. 누구나 잘하지 못하는 것이 있고, 처음은 어려울 수 있어. 계속하다 보면 실력이 좋아질 거야."

아이는 한 발 줄넘기를 만지기만 하다가 내가 한 말에 용기를 얻었는지 한쪽 발에 한 발 줄넘기를 끼웠다. 한 발 줄넘기를 슝슝 잘하는 아이가 줄넘기를 뛰어넘는 모습을 보며 따라 하였다. 처음 시도했을 때는 발로 툭툭 차며 잘 못 넘기다가, 한 바퀴 두 바퀴 돌리더니 오른발로는 줄넘기를 돌리고, 왼발로는 줄을 뛰어넘기 시작했다.

아이: "선생님! 돼요! 저 한 발 줄넘기 돼요! 저 잘하죠? 히히."

교사: "오~ 계속하다 보니까 가은이도 한 발 줄넘기 할 줄 알게 되었네! 잘한다! 성공한 것 축하해! 그런데 있잖아, 가은아. 선생님이 한 발 줄넘기를 처음 해 봐서 잘 안 되는데 알려 줄래?"

아이: "네! 이렇게 한 발로는 돌리고, 다른 한 발로는 줄을 넘으면 돼요! 처음에는 힘든데 계속하면 바로바로 할 수 있어요! 이렇게요!"

한 발 줄넘기 하기 전, 아이는 자신감이 없는 모습이었다. 실패의 과정을 겪으며 시도하는 경험을 하면서 점점 자신감이 생겼고, 잘 뛰어넘을 방법을 찾으며 실력도 향상되었다. 더 용기를 주기 위해 한 발 줄넘기하는 방법을 알려 줄 수 있는지 물어보았다. 아이는 자신감 있게 자기가 시도해서 성공했던 방법을 차근차근 알려 주었다. 해냈다는 뿌듯함에 해맑게 미소를 띠고 있는 모습은 당당해 보였고 빛이 났다.

어떤 아이는 돌봄 시간에 나에게 이면지를 가지고 오더니 하트를 접어달라고 이야기한다.

아이: "선생님, 하트 접어 주세요. 저 하트 접을 줄 몰라요."

교사: "그래, 알겠어. 접어 줄게."

하트를 거의 완성했을 때, 아이는 이면지를 한 장 건네주며 하트를 한 개 더 접어달라고 이야기하였다. 나는 하트를 또 접어 주었다. 갑자기 아이가 이면지 여러 장을 가져와서 접어달라고 하였다.

아이: "선생님 아까는 엄마랑 아빠 거고, 이거는 할머니, 할아버지, 삼촌, 이모 거예요. 오늘 할머니 집 가는데 너무 오랜만에 봐서 하트를 하나씩 다 드리고 싶어요. 이거 다 접어 주세요."

교사: "단비야, 단비가 직접 하트를 접어서 드리는 게 더 좋을 것 같은데? 단비의 마음이 더 담겨 있는 거잖아?"

아이: "그래도 저는 잘 못 접는단 말이에요. 접어 주세요. 제발."

  어떻게 하면 아이에게 더 좋을지 방법을 생각했다. 그때, 한 여자아이가 하트를 접을 줄 안다고 말했다. 내가 접은 하트를 보더니 "어? 하트 그렇게 접는 거 아닌데? 이거는 하트 팔찌를 접는 거지. 하트 이렇게 접는 거 아니야."라고 하였다. 그러자, 나에게 하트를 접어 달라고 요청하였던 아이가 "선생님은 하트를 이렇게 접으시나 보지. 하트 만드는 방법이 하나만 있는 게 아니잖아. 접는 방법이 다른 거야."라고 이야기하였다. 나는 여자아이에게 "선생님은 어렸을 때 하트 접는 방법을 이렇게 배웠어."라고 말했다. 그러자 여자아이는 "엥? 하트 접는 방법도 배웠어요? 나는 안 배우고 원래부터 잘했는데?"라고 하였다.

  원래부터 잘하는 사람은 없다. 타고난 재능이 있는 사람도 있다. 그러나 한 번 시도해 보고 배우는 과정이 있어야 알게 되는 것이다. 그리고

처음 시도가 어려울 수 있지만,

반복하고 연습하면 누구나 다 가능합니다

그것을 통해 재능을 찾을 수 있다. 여자아이는 하트를 접어 봤기에 당당하게 하트를 잘 접을 수 있다고 말한 것이다.

 하트를 접어 달라고 이야기하는 아이에게 "단비가 직접 하트를 접어서 드리는 게 마음이 더 잘 전해질 것 같아. 하트를 잘 접는 친구에게 가서 알려 달라고 해 봐! 아마 잘 알려 줄 거야! 한번 해 볼래?"라고 말해 주었다. 단비는 친구에게 다가가서 색종이로 하트 접는 방법을 배웠고 하트 접는 방법을 알게 되었다. 이처럼 처음에 시도하기 전이 어렵지, 그 후에는 쉽다. 반복은 불가능을 가능하게 만들어 주고, 자신감을 높여 준다. 아이가 첫 시도를 어려워할 때는 다 해 주고 도와주기보다는 믿고 기다려 주는 것이 필요하다. 도전할 기회와 할 수 있다는 믿음을 주어야 한다.

아이를 변화시키는 요인은
믿음과 기다림

  '잔소리'와 '훈육'의 차이는 무엇일까? '잔소리'란 '쓸데없이 자질구레한 말을 장황하게 늘어놓는 말', '필요 이상으로 듣기 싫게 꾸짖거나 참견하는 것'이다. '훈육'이란 '의지나 감정 등의 함양을 통한 바람직한 인격 형성을 주목적으로 하는 교육 작용'이다. 즉, 바람직한 습관을 형성시키거나 규칙, 약속과 관련된 바람직하지 못한 행위를 교정하는 것을 말한다.

  우리가 하는 말이 잔소리인지 훈육인지 확인할 필요가 있다. 잔소리와 훈육은 아이를 위해서 하는 것이라는 공통점이 있다. 그러나 이 두 가지는 아이에게 상처를 주는 것인지 아닌지, 나의 감정을 해소하기 위해서 하는 것인지 아닌지의 차이가 있다. 다시 말해서, 화자가 아닌 청자의 관점에서 정서적으로 괜찮게 받아들일 수 있는가에 대한 차이점이 있다는 것이다.

'습관이 무섭다.'라는 말이 있다. 명령형의 어조를 들으며 자랐거나 그런 말을 사용하던 사람은 자녀에게도 똑같이 명령형으로 말한다. 그게 익숙한 것이다. 안전과 연결된 것이라면 명령형의 어조가 필요하지만, 그렇지 않으면 필요하지 않다.

아이에게 제시할 때는 해야 하는 일을 간단명료하게 말해 주어야 한다. 말이 길어지면 집중력이 흐려지고 귀담아듣지 않기 때문이다. 말이 많은 사람과 대화할 때 지치는 것처럼 말이다. 처음에는 집중력이 좋지만 시간이 갈수록 흐려진다. 반드시 결론부터, 해야 하는 일부터 말해 줘야 한다. 그리고 왜 그렇게 해야 하는지 이해할 수 있도록 이유를 알려 주어야 한다. 눈높이에 맞추어서 이야기하면 아이가 상황을 이해할 것이다.

1) 옷을 갈아입지 않는 아이에게
– 집에 들어오면 옷 좀 갈아입어. (X)
– 밖에서 입은 옷은 더러워졌으니까, 집에 들어오면 옷을 갈아입자. (O)

2) 많은 장난감으로 놀이 하고 있는 아이에게
– 장난감을 이렇게 어질러 놓으면 어떻게 해! 지저분하잖아! (X)
– 많은 장난감으로 놀고 싶었구나. (공감) 그런데, 바닥에 장난감이 너무 많아서 지나다니다가 밟을 수도 있을 것 같아. 밟으면 다칠 것 같은데, 놀이 하고 있지 않은 장

난감은 정리하는 게 어때? (청유) (O)

— 왜 계속 스마트폰만 해?! 옆집 아이는 책을 그렇게 잘 읽는다던데! (X)
— 스마트폰에 재미있는 게 있었어? 그런데 너무 화면을 오래 보게 되면, 소중한 예
　지의 눈을 다칠 수 있으니까 쉬는 것도 필요해. (권유) (O)

　한 번 말하면 듣는 아이가 있고 그렇지 않은 아이도 있다. 계속 말해
야 겨우 듣는 아이들에게는 더 큰 믿음과 기다림이 필요하다. 여기서 중
요한 점은 기다리다가 답답한 마음에 다 해 주면 안 된다는 것이다. 유치
원에 등원할 때 신발 벗고 원에 들어오는 데까지 시간이 오래 걸리는 아
이가 있다. 아이의 어머니께서는 "아휴, 빨리 좀 해. 언제 들어가려고 그
래?"라고 말씀하셨다. 아이는 그 말을 듣고도 천천히 신발을 벗었다. 다
음 날에는 신발을 벗지 않고 한 곳을 멀뚱멀뚱 바라보았다. 아이에게 "한
쪽은 선생님이 벗겨 줄게. 다른 한쪽은 지아가 벗어 봐."라고 이야기했
다. 그러자 평소보다 빠른 속도로 신발을 벗었다. 시간이 지날수록 미세
하지만 조금씩 달라지는 모습을 볼 수 있었다.

　점심시간에는 사투가 벌어진다. '사투'는 죽기를 각오하고 싸우거나 죽
을힘을 다하여 싸운다는 의미이다. 점심시간에 먹기 싫은 음식이 나왔을
때 먹어야 하는 모습이 '사투'와 비슷해 보였다. "김치 하나 주세요.", "나,

이거 별로예요. 싫어해요.", "으악! 안 먹어요.", "조금만 주세요.", "덜어 주세요."라고 말하는 모습을 보며 안타까웠다. 잘 먹어야 하는 시기에 충분한 영양소를 섭취하지 않아서 걱정되었다. 그래도 억지로 먹게 할 수는 없다. 아이는 마음을 표현했고, 부모가 아닌 교사이기에 강요할 수가 없었다. 자칫하면 아동 학대가 될 수 있기 때문이다. 그렇다고 해서 아예 안 먹게 할 수 없다. 적은 양이라도 스스로 먹어 볼 수 있게 해야 한다. 아이의 의사를 존중해야 하는 부분이 있지만, 건강도 신경을 써야 하는 것이 교사에게 주어진 일이자 책임이기 때문이다. 먹기 싫다고 표현하는 아이들에게 "노력해 보자. 먹을 수 있을 만큼 먹어 봐.", "한 개라도 도전해 보자."라고 말한다. 스스로 먹었을 때는 "오, 노력했네! 두 개 먹고 왔어? 잘했어!"라고 칭찬한다. 칭찬받기 위해서 더 노력하기도 한다. 식판에 밥풀을 많이 붙여 오는 아이에게 "다음에는 밥풀을 깨끗이 긁어 먹고 와 보자."라고 이야기하였다. 변화할 수 있다는 믿음을 가지고 매일 반복하니까 결과는 달라졌다. 점점 식판에 붙어 있는 밥풀의 개수가 줄어들기 시작했고, 마침내 밥풀을 싹싹 긁어 먹고 온 것이다. 다른 아이들이 보는 앞에서 "노력했구나! 대단하다! 아주 잘 먹었네, 깨끗해!"라고 하며 크게 칭찬해 주었다. 쑥스럽지만 기분이 좋았는지 장난기 가득한 눈으로 하늘을 보고 입꼬리는 천장을 뚫을 듯 히죽히죽하며 "저 하나도 노력 안 했는데요?"라고 하였다. 식판에 있는 밥알을 다 긁어 먹고, 옷에 음식을 붙여 오지 않기까지는 총 3개월이 걸렸다. 3개월 동안 아이를 격려하고 용기를 주며 스스로 잘해 볼 수 있도록 기다려 주었다. 마침내 성공하는 모습을 보며 아이 스스로 뿌듯함이 있었겠지만, 나 또한 뿌듯했고 아이가 대견했다.

수동적이 아닌, 자신의 마음에서 우러나오는 능동적인 아이가 될 수 있도록 해야 한다. 능동적인 아이가 되기 위해서는 믿음과 기다림이 필요하다. 어른이 된 우리도 처음부터 잘하지 못했다. 성장하는 과정에서 다양하게 경험하였다. 그리고 노력이 더 필요한 부분이 있다. '나도 처음에는 어려웠지. 지금 아이들도 그런 부분에서 어려움이 있는 거야. 기다려 주자. 믿어 주자.'라고 생각하면서 편안하게 기다려 주어야 한다.

아이가 변화되기까지 기다리는 중에 정말 답답한 마음이 들 때가 있다. 그럴 때는 나의 어린 시절을 떠올려 본다. 계획형인 지금의 나는 어렸을 때 매우 즉흥적이었다. 공부하는 것보다 노는 것을 더 좋아해서, 책상 앞에 가만히 독서나 공부하는 것을 어려워했다. 얼마나 힘들었으면 엄마는 "독서실에서 공부 안 해도 되니까, 책상 앞에 앉아서 아무것도 안 하고 그냥 엎드려 있어도 되니까 가 봐."라고 말씀하셨다. 기대하지 않고 거의 포기한 상태처럼 보였다. 엄마 말씀에 잘 순종했던 나는 말씀하신 대로 독서실에 가서 그냥 가만히 있었다. 하루, 이틀 그렇게 하니 그냥 앉아 있는 게 심심했다. 다음 날에는 학습지나 해야 하는 숙제를 독서

아이를 믿어주고 기다리기

변화하는 아이의 모습을 마주하게 됩니다

실에 가져가서 했다. 다음 단계에는 해야 할 일을 수첩에 적어서 하나씩 끝내기 시작했다. 처음에는 수첩으로 시작했다가 이후에는 용돈으로 학습 플래너를 사서 목표를 적고, 해야 할 일을 쓰고, 어떤 것을 가장 우선으로 수행해야 하는지 결정하고 그것을 먼저 하게 되었다. 그렇게 엄마의 걱정이었던 나의 즉흥적인 모습이 계획적인 모습으로 변화되고 있던 것이다. 점점 독서실에 가서 무언가를 하는 것을 반복하자 습관이 되었다. 계획하는 것은 내 삶에 없어서는 안 되는 중요한 부분을 차지하였다. 내가 변화한 부분, 그동안의 시간과 과정을 생각하며 인내하는 마음으로 아이들을 기다리고 있다. 분명 성장하고 변화할 것을 알기 때문에 최선을 다해 믿고 기다리며 이끌어 주어야 한다. 엄마가 나를 믿고 기다리시는 동안 얼마나 힘드셨고 답답하셨을까 하는 생각이 들 때가 있다. 나를 믿어 주시고 기다려 주셨던 엄마처럼 나도 그런 교사가 되어야겠다.

6

난 너를 믿어

아이에게는 스스로 해결할 수 있는 힘이 있다. 그러나 혼자서 인지하고 '이렇게 해결해야지!' 하는 것까지의 실행력은 어려울 수 있다. 그래서 주변 사람들의 반응이나 지원이 참 중요하다. 아이가 하는 질문에 역질문해야 한다. 그리고 해결 방법을 알려 주는 것이 아니라 아이가 생각하고 시도할 수 있도록 기회를 제공해야 한다. 시도하는 과정에서 믿어 주고 기다려 주는 것은 필요하다.

점심시간에 바닥에 음식을 흘린 아이와 이에 적절히 지원하는 교사의 사례가 있다.

아이: "선생님, 흘렸어요."

교사: "흘렸으면 어떻게 해야 할까?"

아이: "닦아야 해요."

교사: "책상 위에 흘렸으면 분홍색 행주로 닦고, 바닥에 흘렸으면 걸레나 물티슈, 휴지로 닦아 보렴."

처음에 눈치를 보더니 바닥에 흘린 것을 무엇으로 닦을지 고민하다가 휴지로 닦았다. 잠시 후, 바닥을 만져 보더니 "선생님, 끈적거려요."라고 이야기한다. "끈적거리면 무엇으로 닦으면 좋을까?"라고 질문하였다. 아이는 휴지에 물을 묻혀서 바닥을 닦았고, 휴지가 물에 젖어 흐물흐물해지자 물티슈를 가져와서 다시 닦는다.

교사는 아이가 흘린 음식을 직접 닦아 주지 않았다. 음식을 흘린 아이가 자기의 자리를 잘 정리할 수 있도록 말로 적절히 지원하였다. 스스로 상황을 해결한 것이다.

놀이 시간에 사용한 미술 재료(색종이, 사인펜, 풀, 가위 등)를 스스로 정리하고, 만들기를 하다가 나온 쓰레기들을 쓰레기통에 버린다. 아직 완벽하게 분리수거를 잘하지는 못하지만, 나름 노력하는 아이도 있다. 쌓기 영역에 있는 놀잇감을 사용한 후 바구니 안에 원래 있던 모습으로 정리를 한다. 7세라 그런지 잘 정리하는 편이다.

7세쯤 되면 화장실에서 볼일을 본 후에 스스로 뒤처리를 할 수 있다. 그러나 아직 선생님의 손길이 더 필요한 아이도 있다. 가정에서는 스스로 닦을 수 있도록 기회와 용기를 주어야 한다. 처음에는 서투를 수 있어도 연습하다 보면 해결할 수 있게 된다.

책을 너무 열심히 봤는지, 각 교실에 책꽂이에 꽂혀 있는 책들을 펼쳐 보면 찢어져 있는 곳이 여러 군데이다. 놀이 시간에 한쪽 책상에서 책과 테이프를 가져다 놓고, 테이프를 하나씩 떼어서 책에 붙이고 있었다. 그러자 아이들이 무엇을 하고 있는지 궁금했는지 하나둘씩 주변에 모여들기 시작했다.

아이들: "선생님, 뭐 하고 있어요?"

교사: "책에 찢어져 있는 곳이 많아서 테이프로 붙여 주고 있었어. 우리가 몸에 상처 나면 약 바르고 밴드를 붙여 주듯이 말이야."

궁금증을 해소한 후 다시 놀이 하러 돌아갔고, 한 아이만 나를 뚫어져라 쳐다보며 그 자리에 가만히 있었다. 아이는 자기가 읽던 책을 자세히 들여다보더니, 미술 영역에서 테이프를 가져다가 훼손된 곳에 붙이기 시작했다.

7세의 나이가 되면 어느 정도 스스로 할 수 있는 힘이 생긴다. 아침에 등원하자마자 열을 재고, 신발장에 신발을 넣고, 가방 장에 가방을 넣고, 옷걸이에 옷을 걸어서 옷장에 정리한다. 물통을 꺼내어 교실로 가져가고, 선생님들께는 "안녕하세요!" 인사를 한다. 점심시간이 되면, 자기가 사용하는 개인 식판과 도구들을 직접 챙겨서 자리에 앉는다. 여기까지 오기에는 5~6세 때의 교육이 중요하다. 교사는 아이들에게 하나씩 지시해 주고, 아이들이 그 지시에 따르다가 어느 정도 익숙해지면 스스로 해 볼 수 있도록 응원과 지지를 해 주어야 한다.

2차 하원 전 돌봄을 할 때, 한 여자아이가 강당을 들어왔다. "선생님, 지원이가 휴지가 없어서 못 나오고 있어요! 제가 휴지 뜯어서 줄게요!"라고 말하며 강당에 있던 휴지를 뜯어 갔다. 교사에게 도움을 요청할 기회가 있었지만, 아이는 스스로 해결 방법을 생각하고 실행하였다. 이 모습을 보며, '역시 일곱 살이다.'라는 생각이 들었다.

강당에서 놀이한 후에 매트가 무거워서 교사가 정리하는데, 어느 날은 네 명의 아이들이 매트를 잡고 낑낑대며 옮기려고 하는 모습을 보았다. 다칠 수도 있어서 염려하는 마음에 선생님이 하겠다고 이야기하고 내가 정리할 수 있었지만, 아이들의 시도를 응원하고 싶었다. 그래서 나는 "선생님도 같이 들어 줄게! 한 번 옮겨 보자!"라고 이야기하며 매트를 잡았고, 함께 매트를 옮겨서 정리하였다. 매트를 정리한 아이들은 뭔가 해냈다는 뿌듯한 표정을 하였다. 집에 갈 준비를 하고 의자에 앉아 하원을 기다렸다.

이처럼 아이는 스스로 해결할 수 있다. 양육자나 교사는 아이가 스스로 해결하고자 하는 모습을 보일 때 제지하기보다는 응원과 격려를 해야 한다. 시도하는 과정을 칭찬하며 다음에 또 도전해 볼 수 있도록 해야 한다. 지나치게 위험한 일을 혼자 해결하려고 한다면, 이를 민감하게 감지하고 그 부분에 대해서는 제지해야 한다. 어느 정도의 위험성은 경험하면 의미가 있지만, 선을 넘는다면 생명에 지장을 줄 수 있기 때문이다. 아이를 믿어 주고 기다려 주면 자신감이 향상될 것이다.

아이에게도 스스로 해결할 수 있는 힘이 있습니다

아낌없는 응원과 격려, 칭찬이 필요합니다

시도해볼 수 있는 원동력이 됩니다

7

세 살 긍정 언어 여든까지 간다

"아이에게는 긍정 언어를 사용해야 합니다."

보육실습을 할 때 어린이집 원장님께서 이런 말씀을 하셨다. 유치원 교육 실습을 할 때도 담임 선생님과 원감님은 똑같이 말씀하셨다. 왜 긍정 언어를 사용해야 할까?

긍정 언어는 감정과 행동을 좋은 쪽으로 변화시킨다. 우리가 사용하는 언어는 삶에 큰 영향을 준다. 무심코 사용하는 언어는 습관이 되어 마음과 생각을 조종할 수 있다. 부정 언어를 사용하게 되면, 생각이 자연스럽게 부정적으로 흘러가는 것이다. 긍정 언어를 사용해야 우리의 감정과 사고도 긍정으로 인식하는 것이다. 따라서 우리가 습관적으로 사용하는 언어를 변화시키면, 삶의 방식도 바뀔 수 있다. 긍정 언어를 사용함으로써 나와 상대방을 모두 기분 좋게, 편안하게 할 수 있다.

보통 아이들이 하지 않아야 하는 행동을 할 때, 주로 우리는 "하지 마!", "안 돼!", "그거 아니야!"라고 말한다. 이러한 말을 부정 언어라고 이야기한다. 긍정 언어의 사용법은 다음과 같다.

1. 뛰어다니지 않아요. → 걸어 다녀요.

2. 장난감을 던지지 않아요. → 장난감을 올바르게 사용해요.

3. 친구를 때리지 않아요. → 친구를 존중해요./말로 나의 마음을 표현해요./
   나의 몸과 친구의 몸을 소중히 해요.(지켜줘요.)

4. 친구의 장난감을 뺏지 않아요. → 배려해요./빌려달라고 이야기해 보아요.

5. 소리를 지르지 않아요. → 차분하게 이야기해요.

긍정 언어를 사용하는 것이 익숙하지 않거나 어려운 사람이 있을 것이다. 나도 실습을 시작할 때쯤에는 긍정 언어보다 부정 언어를 사용하는 게 더 편했다. 그러나 아이들을 위해서 긍정 언어를 사용하기 시작했고, 지금은 어느 정도 긍정 언어가 익숙해졌다. 유치원 복도에서 뛰어다니는 아이들의 모습을 볼 때마다 "얘들아, 걸어 다니자!"라고 이야기한다. 나의 눈치를 보며 언제 뛸지 고민할 때 "선생님은 너희 발소리가 다 들려서 뛰는지 안 뛰는지 알 수 있어. 너희가 스스로 약속을 잘 지키고 있는지 생각하면서 걸어 다녔으면 좋겠어. 다치지 않도록 걸어 다니라고 한 거란다."라고 이야기한다. 7세는 어느 정도 대화가 가능하고, 이유를 이야기하면 이해하므로 왜 그 일을 수행해야 하는지의 이유도 함께 말해 준다.

한 아이가 첫 번째 약속에 대해 말할 때, "그런데요, 선생님! 걸어 다니는 거랑 뛰지 않는 거랑 똑같은 말 아니에요? 그러면 '뛰지 않아요.'도 맞는 거 아니에요?"라고 물어보았다. 아이에게 "'걸어 다녀요.'랑 '뛰지 않아요.'가 같은 뜻인데, 선생님은 너희에게 긍정 언어를 사용하고 싶어서 '걸어 다녀요.'라고 이야기하는 거야."라고 말해 주었다. 한 아이가 "긍정 언어가 뭐예요?"라고 물어보았다. 어떻게 설명해야 눈높이에 맞출 수 있을까 고민하다가 좋은 생각이 떠올랐다. "'~하지 마!' 이렇게 하는 게 좋아? 아니면 '~해 보자.' 이렇게 하는 좋아?"라고 질문했고, 아이는 "'~해 보자.'가 더 듣기가 좋죠."라고 대답했다. "가은이가 그렇게 느낀 것처럼, 선생님은 우리 친구들이 듣기에 더 편안하고 좋은 말을 사용하고 싶어서 약속을 정할 때도 그렇게 하는 거야."라고 이유를 말해 주었다. 질문한 아이 외의 다른 몇 명의 아이들도 "아, 그렇구나." 하며 고개를 끄덕였다. 약속을 정할 때도 긍정 언어를 사용하다 보니, 아이들도 약속을 정할 때 긍정 언어를 사용하는 변화가 나타났다. 아직은 '걸어 다녀요'보다 '뛰지 않아요'라고 말하는 아이가 있다. 아이들이 '걸어 다녀요'라고 먼저 말하는 것을 들었을 때는 뿌듯함이 마음의 깊은 곳에서부터 올라온다.

긍정 언어를 사용하지 않아도 되는 예외의 경우가 있다. 그것은 바로 안전과 직결된 문제가 발생했을 때이다. 서로 다투고 있을 때, 위험하게 장난을 칠 때 등 다치는 것과 연관이 있을 때는 단호하고 짧고 굵게 "안 돼!"라고 말해야 한다. 그리고 분명하게 하면 안 되는 이유를 설명해 주어야 한다.

아이들에게는 긍정 언어를 사용하지만, 정작 나의 삶에서는 요즘 긍정 언어보다 부정 언어를 많이 사용하고 있는 모습을 발견하였다. 일하면서 너무 지치고 고된 마음에 긍정적인 생각보다는 불평과 불만이 올라왔다. 삶 속에서 작은 것이라도 감사해야 하는 부분이 많은데, 그것을 잊고 살아가는 것 같아서 아쉬운 마음이 들었다. 아이들을 소중히 하고 예뻐하는 것처럼 나의 삶도 건강하게 나아갈 수 있도록 잘 돌봐 주어야 한다. 예전처럼 하루에 감사한 것을 꾸준히 찾으며 응원해야겠다. 무엇보다 부정 언어보다 긍정 언어를 사용할 수 있도록, 내 삶에 잘 적용할 수 있도록 노력해야겠다는 생각이 들었다.

1. 회사 가기 싫다. → 회사에 가면 좋은 배움이 있겠지? (기대)

2. 집 가고 싶다. → 나에게 맡겨진 일을 최선을 다해서 해야지! (열정)

3. 너무 힘들다. → 주어진 일을 최선을 다해 열심히 했나 보다. (격려)

4. ~하기 싫다. → 지치고 고된 하루에 나를 위한 일을 찾아봐야겠다. (해결)

긍정 언어를 많이 사용할수록 득이 된다. 아이들의 미래가 긍정적인 모습으로 된다. 아이와 교사 자신을 위해서 긍정 언어를 사용하는 것은 필수이다. 한순간에 변화가 나타나기는 쉽지 않지만, 씨를 뿌리고 물을 주고 햇빛을 주었기에 반드시 그 씨앗은 자란다. 씨앗이 자라 꽃을 피우게 될 것이다.

긍정 언어를 사용하는 습관

어려움을 마주할 때 건강하게 이겨낼 수 있습니다

8

씨앗이 잘 자라게 하려면
잡초는 있어야지

'경험한 만큼 성장한다.'

이 말을 어렸을 때부터 부모님, 선생님, 주변 사람들에게 많이 들었다. 우리가 많이 겪을수록 성장을 해서 이것저것 많이 경험해야 한다고 하셨다.

상추나 옥수수 등 농작물이 잘 자라게 하기 위해서 사람들이 그 주변에 난 잡초를 뽑는다. 잡초를 뽑는다고 해서 농작물이 더 맛있고 잘 자라는 것일까? 아빠께서 땅을 빌려 주말농장을 하신다. 다른 분들에 비해 잡초를 더 열심히 뽑지도, 물을 더 잘 주지도 않으신다. 그런데 주말농장을 하는 다른 사람들은 우리 밭을 보며 똑같은 말씀을 하신다.

3장 세상을 이해하는 환경 구성 방법　　**171**

"아니, 저 밭은 뭔가를 잘 안 하는 것 같은데, 뭐가 저렇게 쑥쑥 커?"

다른 밭들에 비해 주인의 관심을 덜 받은 우리 밭에서 나는 농작물은 진짜 맛있다. 아삭아삭 고소한 상추, 된장국에 끓여 먹기 좋은 아욱, 감자 친구 고구마, 방울토마토, 딸기 등 각자 맛있는 매력이 있다. 왜 농작물이 잘 자라는 걸까?

어쩌면 우리 밭은 '잡초가 필요했나?' 싶은 생각이 들었다. 잡초가 있어야 더 튼튼하게 자라고, 힘든 상황을 견디며 열심히 쑥쑥 크는 것인가? 잡초가 있으면 더 시들시들하고 맛이 없어진다는 사실은 명확한 근거가 없다는 생각이 들었다. 우리의 삶도 마찬가지이다. 힘든 상황과 어려움을 겪었다고 해서 그 삶이 실패한 것은 아니다. 오히려 더 성숙해질 수 있는 기회가 주어진 것이다. 보통 부모에게는 자녀들이 아무런 탈 없이 잘 자라 주었으면 하는 소원이 있다. 그러나 아이도 나중에는 어른이 되기 때문에 어렸을 때 여러 가지 경험을 많이 해 봐야 한다. 많이 넘어져 봐야 다시 일어서는 방법을 안다. 많이 싸워 봐야 건강하게 싸우는 방법을 안다. 많이 그림을 그려 봐야 점점 더 잘 그릴 수 있다. 결국, 많이 무언가를 해 봐야 그 부분에 대해 전문가가 되는 것이다.

요즘 부모는 옛날 부모와 다르게 아이를 애지중지 키우는 경향이 있다. 손 하나 까딱하지 않고 부모가 다 해 주는 시대이다. 이것이 과연 아이를 위한 것일까? 스스로 하는 것은 정말 중요한 부분이다. 가정에서 식사 준비나 설거지 등 아이가 함께할 수 있도록 기회를 주어야 한다. 어떤 사람은 아이에게 너무 일을 시키는 것이 아니냐고 할 수 있지만, 그냥 식사 준비와 정리의 과정을 경험하는 것이다. 아이가 언제까지나 누군가가 차려 주는 밥을 먹는 것이 아니기에, 스스로 해 볼 수 있도록 환경을 마련해 주는 것이다. 처음에는 스스로 하기가 어려울 수 있어서 같이 하는 것이다. 시간이 지나면 지날수록 아이는 자기가 경험했던 것을 익숙해지고 당연하게 생각할 것이다. 부모만 설거지했다면, 설거지하는 사람은 부모임을 당연하게 느낄 것이다. 내가 사용한 그릇은 스스로 정리할 수 있도록 해야 한다. 어렸을 때는 습관을 비교적 쉽게 바꿀 수 있지만, 어른이 되어서는 바꾸기가 정말 힘들다. 그래서 우리는 잘 배워야 한다.

어떤 사람들은 아이가 친구와 싸웠을 때, 싸운 것에 대해 혼을 낸다. 무슨 상황이었는지 물어보지 않고 결과만 보는 것이다. 우리는 꼭 어떤 상황이었는지 들어봐야 한다. 서로의 입장까지 들으면 좋다. 유치원에서는 그게 가능하지만, 가정에서는 어렵다. 그래서 교사를 통해 유치원에서 어떤 일이 있었는지 전달받는다. 다툰 친구를 잡초, 방해되는 무언가로 생각할 수 있다. 그러나 친구와 싸우는 것도 성장하는 하나의 과정이다. 많이 싸워 봐야 건강하게 싸우는 방법을 안다. 다음에 친구와 싸웠을 때, 이전보다 더 건강한 방법으로 싸우면 된다. 건강하게 싸우는 방법을 교사와 부모가 알려 주어야 한다.

아이들은 놀이 할 때 많이 부딪친다. 보통 놀잇감의 개수가 부족해서 다툼이 일어난다. 그리고 놀이 방법이 내가 생각한 것과 다르게 흘러갈 때 친구에게 화를 내기도 한다. 이러한 이유로 나에게 도와달라고 찾아왔을 때 아래와 같은 해결 방법을 제안한다.

1. 친구에게 너의 솔직한 마음을 표현했니?
– 교사에게 도움을 요청하기 전에, 먼저 친구에게 자신의 마음을 표현하도록 한다.

ex) 나 그 장난감 필요한데, 한 번 빌려 줄 수 있을까?
　　나는 이렇게 놀이 하고 싶은데, 이렇게 해 보는 건 어떨까?

2. 친구의 이야기를 들어 보았니?
– 친구의 생각을 들어 보고, 아이가 잘 이해하지 못할 때 교사가 눈높이에 맞추어 설명한다.

ex) "예지야, 지금은 친구가 이 장난감으로 더 놀이 하고 싶대. 예지도 장난감을 오래 놀이 하고 싶었던 적이 있어? 그때 친구가 장난감을 뺏었을 때, 예지의 마음은 어땠어?"
　　"예지야, 지금은 친구가 다른 친구랑 놀고 싶대. 혹시 예지는 가은이 말고, 다른 친구랑 놀고 싶었던 적이 있어? 왜 다른 친구랑 놀이 하고 싶었니? 예지가 그랬던 것처럼 가은이도 많이 못 놀아 본 친구랑 더 놀이 하고 싶을 수도 있어! 혹시 궁금하면 가은이에게 물어봐. 가은이가 이야기해 줄 수도 있어!"

3. 서로에게 괜찮은 해결 방법을 찾았니?

- 7세의 경우 말을 잘하기 때문에 서로의 마음을 알게 된 이후에는 타협을 보기도 한다. 장난감을 더 가지고 놀고 준다든지, 이것만 하고 같이 놀이 하자든지 말이다. 서로에게 좋은 타협이 되지 않을 때는 교사를 찾아오는데, 그때는 양쪽의 이야기를 듣고 함께 해결 방법에 대해 생각한다.

- 아이가 특정 친구와 너무 놀고 싶어 할 때, 그러나 그 친구가 다른 아이와 놀이 하고 싶어 할 때는 환기하는 방법을 사용한다.

ex) "예지가 가은이랑 너무 놀고 싶었구나! 그런데 가은이가 아직은 마음의 준비가 되지 않았대. 예지야, 그럼 가은이가 여기로 올 때까지 선생님이랑 그림 그리고 있을까? 마이멜로디 좋아해? 어떤 친구는 선생님한테 폼폼푸린 그려 달라고 해서 선생님이 그려 줬는데, 예지는 뭐 좋아해?"

이렇게 주변 상황을 환기하면 열 명 중에서 여덟 명의 아이에게서 효과를 볼 수 있다. 나머지 두 명의 아이는 혼자 생각할 시간이 필요하다고 판단되어 혼자만의 시간을 준다.

어른은 타인 조망 수용 능력이 어린아이보다 높다. 타인 조망 수용 능력이 높다는 말은 다른 사람의 관점(생각, 의도, 행동, 감정 등)에서 잘 들여다본다는 것이다. 일반적으로 어른들은 아이보다 타인 조망 수용 능력이 높아서 의견이 다를 때 선 공감, 후 내 마음 전달하기가 가능하다. 사람마다 의사소통하는 방법이 다르므로 제한할 수 없지만, 노력한다면 공감을 먼저 할 수 있다는 말이다. 그러나 아이는 아직 자기중심적 사고가 더 큰 유아기라서 먼저 다른 사람의 마음에 공감하는 것에 어려움을 느낀다. 물론 공감을 잘하는 아이가 있다. 그러나 각자 성향이 다르고 발달 시기에도 차이가 있다. 아이들은 보통 먼저 다른 친구의 마음에 공감하고 내 마음을 전달하는 데까지는 연습이 필요하다. 그래서 나는 먼저 자신의 마음을 표현한 후에, 다른 친구의 마음에 공감할 수 있도록 한다. 이후에는 서로의 의견을 조정하여 해결 방법을 찾을 수 있도록 한다. 이렇게 마음을 표현하는 과정이 잘 이루어진다면 이후에는 먼저 친구의 마음에 공감하고 자신의 마음을 전달할 수 있도록 한다. 아이들은 스펀지처럼 흡수하는 능력이 뛰어나기 때문에 모방을 잘한다. 모방하면서 싸움의 기술은 대화의 기술로 변화 및 성장하는 것이다.

아이는 놀이 하면서 많이 다친다. 다치며 성장한다. 씨앗이 자라고 잎이 나오며 열매를 맺기까지 많은 시간이 필요하다. 밭에 난 상추를 뜯어서 씻을 때 잎에서 여러 개의 구멍을 발견한다. 유기농이라 벌레들이 많이 좋아했나 보다. 벌레가 먹었다는 것은 그만큼 좋은 것이고 맛이 있다는 것이다. 사람도 마찬가지이다. 육체든 정신이든 상처가 나면 아프지만, 아물기까지의 과정을 거치면서 성장한다. 위험을 경험해 봐야 위험한 상황에 잘 대비할 수 있다.

아이는 호기심이 많다. 궁금한 게 많았던 나는 어렸을 때 팔팔 끓는 주전자를 보고 날마다 같은 질문을 했다.

어린 나: "엄마, 주전자 뜨거워? 만져 봐도 돼?"

엄마: "안 돼! 그거 엄청 뜨거워! 손 데어! 다쳐! 안 돼!"

장난기가 많았던 나는 엄마의 눈치를 살살 보며 뜨거운 주전자에 가까이 다가가 만지려고 했다. 그때 엄마는 아마 심장이 덜컥 내려앉으셨을 것 같다. 매일 똑같은 질문을 반복하는 나를 보며 뭔가 번쩍이는 생각이 떠오른 엄마는 다음 날 나를 깜짝 놀라게 했다. 갑자기 나를 안으시더니 고사리처럼 작은 손을 잡으며 주전자에 가까이 대려고 하시는 것이었다. 나는 필사적으로 "안 돼!"라고 외쳤다. 엄마는 뭔가 결심하셨다는 듯이 내 손을 계속 가져다 대시면서 "왜? 평상시에 만져 보고 싶어 했잖아. 한번 만져 봐."라고 하셨다. 지금 생각하면 뭔가 나쁜 엄마라는 생각이 들면서도 그 일이 있었던 다음 날부터 팔팔 끓는 주전자의 곁에도 가지 않았던 내 모습을 생각하면 나름 효과적인 방법이라는 생각이 들었다. 엄마는 엄마에게 안겨 있는 나를 바라보시며 "앗뜨야, 앗뜨. 알겠지? 안 돼."라는 말씀을 하셨다. 이 외에도 오빠들을 따라 계단에서 뛰어내리다 넘어지고, 놀이터의 높은 벽에서 뛰어내리는 등 많은 일이 있었다. 다쳐 봐야 아픈 걸 알게 되고, 다치지 않는 방법을 알게 된다. 이것은 스스로 느껴 봐야 알게 되는 배움이다. 우리의 삶에서 잡초는 어느 정도 필요하다.

나를 방해하는 듯한 잡초 같은 어려움도

인생에 꼭 필요합니다

어려움을 통해 성장합니다

4장

모든 것은
사랑에서 시작된다

1

나를 사랑하는 것이 먼저

어떤 것이든지 경험을 해 봐야 아는 것처럼, 자신을 사랑해야 다른 사람을 진심으로 사랑할 수 있다. 사랑을 받아 본 사람이 사랑할 줄 안다. 아이를 사랑하려면 교사 자신을 먼저 사랑해야 한다. 여기서 교사 자신을 사랑해야 한다는 의미는 자신감과 자존감을 지키라고 하는 것이다. 교사는 반성적 성찰을 많이 하게 되는 직업이다. 아이가 잘못되면 왠지 그게 내 탓이라는 생각이 들 때가 있다. 자신을 많이 되돌아 보는 만큼 성장하는 직업이다.

교사는 자신을 때리는 아이도 사랑해야 한다. 사회적인 시선으로 아이는 교사에게 폭력을 써도 괜찮은데, 교사는 아이에게 폭력을 쓰면 안 된다. 아이보다 강한 사람이니까 절대로 신체적, 정신적으로 폭력을 하면 안 된다. 그렇게 교사는 꾹 참으며 마음을 가라앉힌다. 이럴 때 교사는 더욱 자신의 마음을 잘 챙겨야 한다. 내가 좋아하는 게 무엇인지 알아야 하고, 몸과 마음이 건강해질 수 있도록 해야 한다. 그것이 어떤 방법이 든, 자신에게 맞는 방법이 있을 것이다.

나는 고단한 유치원 생활을 마치고 나서 휴식을 취한다. 그냥 가만히 한 곳만 바라보며 멍하게 있거나 독서를 하기도 한다. 이리저리 정신없 는 마음을 편안하게 하는 것이다. 때로는 글을 쓰며 생각을 정리한다. 그 리고 넷플릭스를 보거나 오늘 있었던 일을 그림일기로 기록할 때도 있 다. 그렇게 지친 마음을 달랜다.

아이를 사랑하기 전에 교사 자신을 먼저 사랑해야 한다는 말은 이기적 인 교사가 되라는 것이 아니다. 아이보다 교사를 먼저 우선순위에 두라 는 말이 아니다. 그저 교사도 정말 소중한 사람이고, 가치 있으며, 누군 가의 소중한 자녀이기에 자신을 보살피라는 것이다. 유치원에서의 일과 는 정말 빠르게 지나간다. 출근한 지 얼마 되지 않은 것 같은데, 벌써 퇴 근 시간이 온다. 그렇게 몸과 마음이 지친 채로 퇴근한다. 퇴근 이후에 해야 하는 것이 있다. 그건 바로 오늘 하루를 돌아보며, 지친 몸과 마음 을 다독여 주는 것이다. 유치원에서는 아이가 다치면 어떤 일로 다쳤는 지, 얼마나 다쳤는지, 아이를 다치게 한 아이는 어떤지, 서로 이야기할 수 있는 시간이 주어졌는지 등 확인해야 할 것이 많다. 우리 삶에서도 잘 확인해야 한다. 오늘 내 마음이 어땠는지, 어떤 이유로 다쳤는지, 지금은 어떤 상황인지, 내가 이해할 수 있는 부분인지, 이해할 수 없다면 왜 그렇게 생각했는지 등 다친 마음의 상처가 잘 아물 수 있게 치료해야 한다.

내가 지친 상태로 유치원에서 퇴근하고 나서 우스갯소리로 하는 말이 있다.

'나도 엄마 있는데······.'
'나도 가족 있고, 나도 사람인데······.'

이런 말을 하는 내 모습을 보시며 엄마는 웃으면서 말씀하셨다.
'그러게. 너도 엄마 있지.'
'그런데 어쩌겠어. 너는 어린아이들을 교육해야 하는 사람이잖아.'

유치원에서의 하루를 돌아보며 문득 그런 생각이 들었다.

'유치원 선생님, 정말 힘든 거였구나. 우리 선생님 진짜 힘드셨겠다.'

유치원 교사라는 직업은 매력적이다. 어린 시절을 돌아보고, 어렸을 때 상처받았던 내면과 마주할 수 있으니 말이다. 내면의 아이를 만나며 아픈 곳이 아물 수도 있다. 유치원에서 아이들의 모습을 바라보면서 내 어린 시절을 떠올린다.

'나라면 어떻게 했을까? 어떤 말을 해 주었을까?'

이제 유치원 교사가 된 나는 한발 더 나아가 아이들에게 어떻게 다가 갈지 생각한다.

'어떻게 말해야 아이들의 마음이 다치지 않을 수 있을까?'
'이 상황에서는 아이가 해결할 방법을 어떻게 알려 주면 좋을까?'
'나는 아이들이 어떤 방향으로 성장하기를 원하는 걸까?'
'내가 아이들에게 나누어 줄 수 있는 역량이 뭘까?'
'내가 아이들에게 어떤 좋은 영향을 줄 수 있을까?'

아이를 사랑하려면 교사는 공부를 많이 해야 한다. 좋은 것을 자주 보고, 배워야 한다. 아이보다 습득하는 능력이 덜하므로 몇 배로 열심히 해야 한다. 그것이 내 삶의 습관이 되기 위해서는 반복해야 한다.

책 읽는 것을 좋아하는 나는 요즘 유아교육, 육아서, 마음과 관련된 도서를 주로 읽는다. 책을 읽으면서 공감하며 지난날을 되돌아보고, 아이의 시선에서 다시 생각한다. 아이가 이런 마음에서 그렇게 했던 것이라는 깨달음을 얻는다. 그렇게 아이의 마음을 알게 되고 이해하면, 어떤 배움을 나눠 줄까 하는 생각에 설렌다. 힘든 나의 마음을 달래기 위해서 좋아하는 것을 했는데, 더불어 아이를 더 사랑하는 방법을 깨닫게 된 것이다. 유치원 일과 중에 여러 일이 순식간에 일어나는데, 그때마다 책을 통해 알게 된 점을 활용한다. 교사가 건강한 상태일 때 아이에게도 좋은 것들이 흘러가는 것이다.

유아교육을 전공했지만 내가 처음부터 아이들의 마음을 잘 헤아린 것은 아니다. 배움의 과정이 있었기 때문에 그들의 마음을 들여다보는 것이 자연스러워졌다. 처음에는 다투는 모습을 보며, '그냥 서로 좋게 나눠서 쓰면 되지 왜 계속 싸우는 걸까?'라는 생각이 들었다. 그리고 싸운 두 친구에게 화해하라는 답을 내렸다. 점점 유아교육에 대해 깊이 배우고, 이와 관련된 책을 읽으면서 깨달음을 얻었다. 다투는 이유는 그들의 세계에서 그렇게 할 만한 이유가 있다는 것이다. 그리고 누군가가 시켜서 억지로 화해하는 것은 의미가 없다는 것을 알게 되었다. 그렇게 지난날의 내 모습을 돌아보며 어떻게 하면 좋은 교육을 할 수 있을지 생각했다. 생각하면 할수록 유아교육은 내 일상에 녹아들었다. 어렸을 때 이해되지 않았던 나에게 상처를 안겨 준 사람들이 이해되었고, 어린 시절의 작은 마음에 있던 큰 상처는 점점 아물게 되었다. 유아교육을 하면서 나의 어린 시절을 많이 생각하게 된다. 그중에서 어렸을 때 상처받았던 나의 모습이 문득 떠오른다.

'그때 그 사람은 나에게 왜 그랬을까? 왜 상처를 줬을까?'

지금 생각하면, 나에게 상처를 줬던 사람은 마음의 크기가 작았기 때문에, 어린 시절 받았던 교육이 그만큼이라서 그런 것이었다. 지난날을 돌아보며 유아교육이 얼마나 중요한지 알게 되었다.

모든 것의 시작점은 사랑입니다

마음을 움직이는 대화법

아이의 마음을 움직일 수 있도록 하는 가장 중요한 요인은 '공감'이다. 공감을 잘하는 교사가 아이의 마음을 잘 움직일 수 있다. 아이는 자기의 마음을 알아주는 사람을 좋아한다. 그 사람에게 더 기대고 같이 있고 싶어 한다.

몇 번을 말해도 말을 잘 듣지 않은 아이가 있다. 계속 눈높이를 맞추어 말해도 귀를 닫고 있기에 말을 잘 듣지 않는다. 귀를 닫고 있는 이유는 크게 두 가지가 있다. 무언가에 집중하고 있거나 그냥 듣기 싫어서 귀를 닫고 있는 유형이다. 무언가에 몰입하고 있다면 먼저 공감을 한 후 지도해야 한다.

예)

"태림아, 어떤 거에 집중하고 있는 거야? 무언가를 더 하고 싶어서 그런 거니?"

"그런데 지금은 정리해야 하는 시간이어서, 정리하고 간식 먹을 준비를 해야 해."

"간식 먹은 후에 이따가 오후에 놀이 시간이 있으니까 그때 태림이가 더 알아보고 싶은 거를 해 보자!"

그냥 교사의 말을 듣기 싫어서 귀를 닫고 있는 유아의 마음을 움직이는 것은 더 노력해야 한다. 이때는 선 지시, 후 공감을 해야 한다.

예)

"가은아, 지금은 정리 시간이란다. 선생님이 계속 너에게 기회를 주었어. 자, 이제 정리하자."

"가은아, 선생님의 이야기를 듣고 있니? 혹시 정리하고 싶지 않아서 그런 거야?"

여기에서 더 나아가서 교사의 마음을 전달하는 방법도 활용하면 좋다.

예)

"예지야, 선생님이 말하고 있는데 예지가 들어 주지 않아서 마음이 속 상해. 예지의 말을 다른 친구가 들어 주지 않으면 예지는 어때?"

"(아이가 기분이 나쁘다고 말했을 경우) 다른 친구가 예지의 이야기를 듣지 않았을 때, 예지는 기분이 나쁘구나? 선생님의 말을 들어 주지 않아서 마음이 아파. 잘 들어 줄 수 있겠니? 이제 간식을 먹어야 해서 정리를 해야 해. 이따가 놀이 시간에 더 놀이 하자!"

아이가 해야 할 일을 제시하며 공감을 하고 더 나아가서 교사의 마음을 전달하면 좋다. 교사의 마음을 전달하면서 아이가 해야 할 일을 한 번 더 언급해 주는 것도 효과적인 방법이다. 그리고 아이에게 이야기할 때 표정을 활용하면 좋다. 아이는 사람의 표정을 보며 이 사람이 지금 느끼고 있는 기분이 무엇인지 알 수 있다. 너무 심오한 감정은 알기는 어려운 시기이지만, 지금 화가 났는지, 슬픈지, 행복한지를 알 수 있다.

상상력이 풍부한 아이들에게는 표현을 크게 하면서 이야기를 전달하는 것이 참 중요하다. 예를 들어서, 아이가 눈을 크게 뜨며 손동작을 크게 하면서 "이~만큼 컸어요!"라고 말을 했다면, 교사도 유아에게 맞추어서 눈을 동그랗게 뜨고 유아가 한 것처럼 손 동작을 크게 하며 "이~만큼이나 컸어?"라고 이야기하면 좋다. 아이들은 교사가 작고 사소하다고 생각하는 부분을 재밌어한다. 우리 선생님이 재밌다며 까르르 까르르 웃는 아이들의 마음을 움직이려면, 그 아이들의 마음을 두드려 보고 들어가야 한다.

　1차 하원을 마친 후, 7세 돌봄을 하고 있었다. 하츄핑, 티니핑, 슈퍼마리오 등의 캐릭터가 있는 그림을 색칠하는 아이들, 활쏘기 놀이를 하는 아이들, 거북이 등껍질처럼 생긴 빌리보를 돌리며 노는 아이들이 있다. 한 아이가 "선생님, 저 '무궁화꽃이 피었습니다' 하고 싶어요. 나랑 '무궁화꽃이 피었습니다' 할 사람?" 하며 손을 들었다. 아이들의 대답은 없었다. 너무 하고 싶어 하는 아이의 모습을 보며 손을 번쩍 들고 "선생님도 '무궁화꽃이 피었습니다' 할 건데, 진짜 아무도 없는 거야? 그러면 선생님이랑 단비랑 둘이 한다?"라고 말하니 그제야 아이들이 하나둘씩 "저 할래요!", "저도 할 거예요!"라고 하며 주변으로 왔다. 술래가 아닌 아이들은 술래에게 찜해야 한다. 그런데 한 명의 아이의 손에서 "짝!" 하는 소리가 유독 크게 들렸다. 아이들에게 술래에게 손을 살짝만 대라고 말해 주었다. 세게 하면 친구가 다치기에 안전에 주의할 수 있도록 하였다. 이에 대해 두 번 정도 말해 주었지만, 그런데도 한 아이는 약속을 지키지 않았다. 친구를 찜할 때 유독 소리가 큰 아이였다. 그 아이에게 잠시 앉아서 생각할 수 있는 시간을 주었다.

교사: "단비야, 아까 선생님이 친구에게 터치할 때 어떻게 하라고 했었지?"

단비: "살짝만 하라고요."

교사: "세게 하면 어떻게 된다고 했지?"

단비: "친구가 다칠 수도 있다고 했어요."

교사: "그러면 어떻게 해야 할까?"

단비: "살살해요."

교사: "그래, 맞아. 일단은 단비가 약속을 지키지 않은 거니까 잠시 생각하는 시간이 필요할 것 같아. 충분히 생각한 후에 다시 놀이하자!"

단비: "네!"

아이는 내가 한 말을 이해하고 잠시 휴식을 취하다가 술래가 되어 재미있게 '무궁화꽃이 피었습니다' 놀이에 참여했다.

아이는 상대방이 나를 좋아하는지 잘 안다. 사랑 레이더가 있는 것처럼, 나를 정말 사랑해 주는 사람인지 금방 알아차리는 능력이 있다. 교사를 힘들게 하는 아이도 사랑해야 한다. 많은 아이가 있지만, 그중에서 유독 예뻐 보이는 아이가 있다. 외모로 평가하는 것이 아니라, 예쁘게 행동하는 아이가 있다. 교사에게 사랑받기 위해서 그 행동을 하는지는 알 수 없지만 그냥 아이의 진심이 느껴진다.

나는 유치원에 있는 아이들을 다 똑같은 마음으로 공평하게 예뻐해 주려고 한다. 그래서인가 많은 아이가 내가 복도에 등장하면 아는 체하고 좋아한다. 아이들도 이 선생님이 나를 좋아하고 아껴 주는지 아는 것이다.

마지막으로 가장 중요한 것은 많이 안아 주는 것이다. 나는 누군가를 안아 주는 것을 좋아한다. 엄마, 친구, 가까운 사람들을 잘 안아 준다. 그래서인지 안아 주는 행동이 자연스럽다. 아침에 등원할 때 만나서 반갑다고 안아 주고, 복도에서 마주칠 때도 안아 준다. 하원할 때는 집에 잘 가라고 안아 준다. 놀이 하는 상황에서도 아이가 열심히 친구들과 뛰어놀다가 쉬러 올 때쯤 자연스럽게 나에게 안긴다. 안아 줄수록 아이는 포근함을 느낀다. 포근함을 기억하고 찾는 것이다. 아이의 마음을 움직이려면 무엇보다 신뢰를 쌓는 게 중요하다. 공감하고, 이야기를 들어 주고, 좋아하는 것을 함께 하고 안아 주면 마음을 움직일 수 있다.

공감은 사람의 마음을 움직입니다

마음의 문을 열게 하는 열쇠입니다

3

단호함은
아이를 사랑하지 않는 마음이 아니다

단호한 사람은 과연 아이를 사랑하지 않을까? 사랑하지 않는 마음에서
혼을 내는 것일까?

어렸을 때는 내가 잘못한 부분에 대해서 화내고 혼내는 엄마의 모습을
보며, '엄마는 나를 사랑하지 않는구나.'라는 생각이 들었다.

'나를 사랑하지 않아서 혼을 내는 거구나. 혹시 다리 밑에서 나를 주워
온 게 아닐까?'라고 생각했다. 그러나 어른이 된 지금은 당시에 엄마가
나를 정말 많이 사랑해서 그러셨다는 것을 안다. 내가 올바른 길로 갈 수
있도록 하신 마음을 아는 것이다.

어린 시절을 떠올리면 엄마는 혼을 내시고 그날이 아니더라도 다음 날에는 어떤 이유로 혼이 난 것인지 알려 주셨다. 더불어 엄마가 나를 얼마나 사랑하는지를 말씀해 주셨다. 사랑하기 때문에 잘못한 부분에 대해서 알려 주는 것이라고 하셨다. 사랑하지 않으면 관심도 안 줬을 것이라고도 말씀하셨다. 엄마의 단호함 뒤에는 늘 부드러움이 있었다. 음식에 비유하자면 고구마 먹고 목이 막힐 뻔했다가 우유를 마셔서 뻥 뚫린 느낌이랄까.

단호함은 부정적인 것이 아니다. 아이가 바르게 자라는 데 필요한 하나의 과정이다. 우리는 언제 단호해야 할까? 아이의 안전과 직결된 위험한 상황, 누군가를 불편하게 하는 상황, 해야 하는 일이 있지만 하지 않으려고 할 때, 질서 및 예절과 관련된 상황에서 부드럽지만 단호한 양육자 및 교육자가 되어야 한다. 단호하기만 하면 안 된다. 부드럽다가 단호해야 하고, 단호하다가도 부드러워야 한다. 아이가 사랑을 받고 있다는 느낌이 들게 해야 한다.

중학생 때 담임 선생님께서 늘 하시던 말씀이 있다.

'참된 교사는 풀어 줄 때 풀어 주고, 잡아야 할 때 잡아야 한다'는 것.

너무 감명 깊게 들었던 나는 교사가 되면 선생님께서 말씀하셨던 것처럼 놀 때 놀고, 할 때는 하는 교사가 되어야겠다고 다짐했다. 아이들의 장난을 받아 주거나 함께 놀아 주는데, 올바르지 않은 행동을 하거나 수정해야 하는 부분이 있을 때는 단호하게 해야겠다고 생각했다.

아이를 사랑하기 때문에 단호해야 한다. 단호함은 폭력이 아니다. 사랑에 기반한 똑 부러짐이랄까. 단호함과 폭력을 동등한 의미로 생각하는 사람이 있는데, 그것은 잘못된 생각이다. 단호함은 잘못된 것에 대해서 진지하게 올바른 것에 대해서 알려 주는 것이다. 단호함 뒤에는 부드러움이 있어야 한다. 단호함만 있으면 아이는 자기를 싫어한다고 생각할 수 있다. 그러므로 단호함과 부드러움은 함께해야 한다. 훈육하는 이유가 아이를 사랑하는 마음에 있다는 것을 느낄 수 있도록 해야 한다.

건강하게 단호해지는 방법

1. 아이가 잘못한 부분에 대해서 이야기한다.
– 영은이가 준비물을 미리 챙기지 않고 엄마에게 계속 가져다 달라고 했어.

2. 아이가 잘못한 부분에 대한 교사(엄마)의 생각을 이야기한다.
– 미리 준비물을 챙길 수 있는 시간이었는데, 영은이는 챙기지 않았어.
– 매번 이런 일이 생겨서 엄마는 화가 났고 마음이 좋지 않았어.

3. 다음에는 어떻게 하면 좋을지를 알려 준다. (방법 알려 주기)
– 영은이가 준비물을 전날에 잘 챙겼으면 좋겠어. 영은이의 시간이 소중한 것처럼, 엄마의 시간도 중요하거든.

– 그리고 엄마가 준비물을 가져다주지 않은 이유는 그래야 영은이가 준비물을 더 잘 챙길 것 같아서 그런 거였어. 엄마도 준비물을 가져다주지 않아서 마음이 편하지 않았어. 그러나 영은이가 책임을 져야 하는 부분이기에 그렇게 해야 성장할 수 있어서 그랬어. 다음에는 꼭 준비물을 잘 챙기도록 노력해 보자.

– 엄마는 영은이와 늘 함께할 수 없어. 스스로 하는 방법을 배워야 해. 지금은 그런 과정이야. 절대 엄마가 영은이를 사랑하지 않기 때문이 아니야. 엄마는 영은이를 사랑해. 사랑해서 스스로 해 볼 수 있게 기회를 주는 거야. 알겠지?

풀어줄 때 풀어주고 잡아야 할 때 잡아야 합니다
부드러운 단호함으로 아이가 바르게 자랄 수 있도록 해야 합니다

관심을 주세요

어떤 아이든지 관심이 꼭 필요하다. 식물이 자랄 때 물을 주고 햇빛이 잘 드는 곳에 놓듯이, 사람을 양육할 때도 관심은 필요하다. 다른 식물에 비해 물을 덜 줘도 잘 자라는 다육식물도 관심을 주지 않으면 죽는다. 관심이 많이 필요한 시기에 관심을 주지 않으면 아이의 감정은 메마른다. 지나친 관심은 과보호로 이어질 수 있지만, 적당한 관심은 아이의 주변에 보호막이 있는 것과도 같다.

아이는 부모에게 인정받고 싶어 한다. 형제자매 중에서 중간에 있는 경우라면 부모의 관심을 받기 위해 더욱 무언가를 열심히 할 것이다. 아이가 잘하는 것에만 집중하는 것이 아니라 속마음을 들여다볼 필요가 있다. 그것을 정말 좋아해서 열심히 하는 것인지, 관심을 받기 위해서 하는 것인지 말이다.

아이들을 보면서 첫째인지, 둘째인지, 막내인지 짐작할 때가 있다. 외동은 외동처럼 보이고, 첫째는 첫째처럼, 둘째는 둘째처럼, 막내는 막내처럼 보인다. 예외인 사람도 있지만, 대부분은 그렇다.

첫째는 공통점이 있다. 자기가 하고 싶은 것을 바로 실행한다. 그리고 주도적이다. 동생이 있는 첫째라면 양보를 잘하는 편이다. 둘째는 눈치를 본다. 눈치를 보는 만큼 눈치가 빠르다. 그리고 동생이 있는 둘째는 양보를 잘한다. 셋째는 받는 게 익숙하다. 어떤 환경에서 성장했는지에 따라 차이가 있지만 보통 첫째나 둘째보다 '배려', '양보'와는 거리가 멀다.

첫째는 첫째로서 책임감을 느끼고 동생들을 더 잘 돌보려고 하고, 부모에게 실망감을 안겨 주고 싶지 않은 마음에 자기에게 주어진 일을 더 열심히 한다. 위, 아래 모두 형제자매가 있는 둘째는 이리저리 치이기 때문에, 어느 분야에서 이기고 싶은 마음에 다 잘하려고 한다. 무엇이든지 열심히 한다. 열심히 하고 인정받으려고 한다. 셋째는 이미 관심과 사랑을 한 몸에 받고 있으므로 자기가 좋아하는 것을 한다. 그러나 마음대로 되지 않으면 그대로 표현한다.

여기서 중요한 점은 첫째든, 둘째든, 막내든 똑같이 관심과 사랑이 필요하다. 아이라면 더욱 그렇다. 가정에서나 유치원에서든지 첫째, 둘째, 막내라는 순서는 중요하지 않다. 아이의 모습 그대로 사랑해야 하고, 관심을 줘야 한다. '사랑'이라는 열매를 먹고 쑥쑥 크기 때문이다.

친구들을 일부러 치고 다니는 아이가 있다. '교사의 관심을 받고 싶나?' 하는 생각이 들었다. 이 아이는 유치원에서 생활하면서 교사에게 잘 안기고 먼저 다가온다. 표현은 서툴지만, 사랑과 관심을 받고 싶어 하는 모습을 주로 볼 수 있다. 유치원에 와서 유독 많은 관심을 받고 싶어 하는 아이가 있다. 이런 모습을 보면서 '가정에서는 어떻게 사랑을 주실까?', '충분한 사랑을 받지 못해서 더 그런 것일까?'라는 생각이 든다. 나는 적당한 관심을 준다. 너무 관심을 많이 주면 나중에 아이가 상처받을 수 있기 때문이다. 유치원 교사가 아이의 삶을 계속 책임질 수는 없기에 적당한 사랑과 관심, 정을 주는 것이다. 건강하게 잘 성장할 수 있게 하려면 가정과의 연계가 필요하다. 아이가 유치원에서는 어떤 모습을 보이는지, 가정에서는 어떻게 하고 계시는지 등 부모와 교사가 의사소통해야 한다. 아이에게 어떻게 지원해 줘야 하는지 방법을 함께 생각해야 한다.

아이들은 관심받기를 원하며 좋아한다. 각자 다른 방법으로 관심을 받고 싶어 하는 마음을 표현한다. 어떤 아이는 멋진 미술 작품을 만들어서 보여 준다. 책을 세 권이나 읽었다고 이야기하기도 한다. 또 다른 아이는 친구에게 장난감을 양보했다고 이야기한다. 점심시간에 밥을 싹싹 긁어 먹었다며 한번 봐 달라고 하는 아이도 있다. 우리는 이러한 아이들의 표현에 귀를 기울이며, 충분한 관심과 사랑을 주어야 한다. 충분한 관심과 사랑의 범위는 자신감과 자존감이 향상될 수 있도록 하는 선이다. 그 선을 알아차릴 수 있기까지는 오랜 시간이 필요하다. 아이가 어느 정도 자신감과 자존감이 올라가서 당찬 사람이 되었을 때쯤 교사는 적당한 관심을 주어야 한다. 그들의 삶을 끝까지 책임질 수 없기 때문이다. 교사는 해야 하는 임무에 충실하면 된다. 적당한 관심. 아이의 삶에서 소중한 한 페이지가 될 것이다.

아이들은 각자 자기만의 방법으로 관심받고 싶은 마음을 표현합니다

우리는 충분한 관심과 사랑을 주어야 합니다

5

잘하는 아이도 관심이 필요해

"이 친구는 말도 너무 잘 듣고, 해야 할 일도 척척 잘하는 아이인데, 지도가 많이 필요한 아이들로 인해서 관심을 별로 못 주고 있어요. 미안한 마음이 들어요."

이 말은 교육 실습을 할 당시에 담임 선생님께서 내게 하신 말씀이다.

일반적으로 교사는 말을 잘 듣는 아이보다 잘 듣지 않는 아이에게 관심을 더 둔다. '일촉즉발'. 언제, 어떤 행동을 언제 할지 모르기 때문에 교사는 더 지켜보고 관심을 기울이게 되는 것이다. 특히 위험한 행동을 하는 아이들에게 더 그렇다. 그렇게 정신없는 하루를 보내다가 일과가 마무리될 때쯤 뭔가 깜빡한 것처럼 마음이 불편하다.

'아, 오늘 지아는 뭐 하고 지냈지?'

이런 생각은 관찰일지를 작성할 때 유독 더 크게 든다. 바르게 생활하는 아이가 어떤 놀이를 했는지, 누구와 놀았는지, 기분이 어땠는지를 세세하게 확인하지 못한 것이다. 유아 교사라면 분명히 공감할 수 있는 부분이다.

신기하게도 특정 행동, 즉, 교사의 말을 듣지 않고 장난하는 아이들의 이름이 더 잘 기억된다. 그러다가 보면 선생님 말씀을 잘 듣고 따르는 아이, 일과 시간에 무탈하게 잘 지내는 아이를 놓칠 수 있다.

실습 때 담임 선생님께서 '관심'에 대해 하신 말씀이 계속 떠올랐다. 그래서 자기의 할 일을 잘하는 아이에게도 사랑과 관심을 많이 주기 위해 신경을 썼다. 아이의 인상착의를 보며 '어제는 노란색 옷을 입고 왔는데, 오늘은 분홍색 옷을 입었네? 예원이는 분홍색도 잘 어울린다!'라고 말을 해 주었다. 그리고 "어제는 머리를 하나로 묶었는데, 오늘은 양쪽으로 땋았네? 누가 머리 묶어 주셨어? 라는 질문을 하며 아이와 대화하였다. 처음에는 조용하게 묵묵히 자기 할 일을 하던 아이가 어느 순간부터 나에게 먼저 말을 걸기 시작했다. 어떤 날에는 내 뒤에서 몰래 장난을 치기도 했다. 아이가 나에게 편안함을 느낀다는 생각이 들면서 참 다행이라는 생각이 들었고 뿌듯했다.

잘하는 아이에게도 관심을 주어야 한다. 많이 사랑해 줘야 한다. 잘하는 부분을 칭찬하며, 좋아하는 것에 대해서 알아가는 시간을 가질 수 있도록 해야 한다. 아이의 내면 모습을 알기 위해서는 대화를 많이 해 봐야 하기 때문이다. 그 아이도 다른 아이들처럼 소중한 존재이므로, 사랑해 줘야 한다.

자기에게 주어진 일을 잘하는 아이라고 해서 마음도 건강한 것은 아니다. 건강한 마음을 가진 아이가 있지만 그렇지 않은 아이도 있다. 대화를 통해 아이들의 마음을 살펴야 한다. 고민이나 생각을 듣고 공감하며 건강하게 성장할 수 있도록 도와줘야 한다. 아무리 제 할 일을 잘하는 아이라고 해도 아직 다 성장한 어른이 아니므로 누군가의 보살핌이 필요하다. 우리는 이런 부분을 항상 유의해야 한다. 잘하는 아이여도 그냥 아이다. 어른의 손길, 사랑과 관심이 필요한 작고 작은 아이. 그래서 우리는 잘하는 아이에게도 관심을 주어야 한다.

무엇이든지 척척 잘하는 아이도
따뜻한 사랑과 관심이 필요합니다

6

귀를 닫고 있는 아이의
마음을 여는 대화법

우리는 언제 귀를 닫고 있을까? 여기서 귀를 닫고 있다는 것의 의미는 다른 사람의 이야기를 듣지 않는다는 것이다.

대부분 사람은 내가 듣기 싫은 말, 관심이 없는 이야기를 잘 듣지 않는다. 귀를 닫고 있는 아이들은 저마다의 이유가 있다. 그중에서 가정과 관련된 부분이 있다. 부모가 아이의 말을 잘 들어 주고, 공감하고, 인정해 주었다면 가정 외의 공간에서도 부모님의 모습을 모방할 것이다.

아이의 닫힌 귀를 여는 법은 간단하다. 관심 있는 주제에 관해서 이야기하면 된다. 어느 정도 관계가 형성된다면 자신의 이야기를 할 것이다.

요즘 아이들의 관심사는 포켓몬, 슈퍼마리오와 루이지, 티니핑, 산리오 캐릭터(마이멜로디, 쿠로미, 폼폼푸린, 시나모롤, 헬로키티)가 있다. 이 중에서 안 좋아하는 캐릭터가 없을 정도로 아이들은 이러한 것들을 좋아한다. 아무리 말이 없는 아이라고 해도 자기가 좋아하거나 관심 있어 하는 부분에 대한 이야기는 잘한다.

교사가 하는 말에 대답이 없는 아이와 관심 있어 하는 주제로 많이 대화하면 좋다. 자신에게 도움이 되고 관심을 주는 사람을 좋아한다.

귀를 닫고 있는 아이들은 대부분 자신이 관심 없어 하는 부분, 딴짓을 해도 된다고 생각하는 부분에서 올바르지 않은 행동을 한다. 그때는 단호하게 수행해야 할 일을 확실하게 짚어 주어야 한다.

"지금은 함께 동화를 보는 시간이야. 선생님이 우리 친구들과 어떤 동화에 대한 내용인지 이야기를 나누고 있지? 지아가 하고 싶은 이야기는 이 활동이 끝난 후에 선생님에게 따로 말해 줬으면 좋겠어. 그때는 선생님이 지아의 이야기를 더 집중해서 들어 줄 수 있을 것 같아."

교사의 말을 잘 귀담아듣지 않는 아이 중엔 한 번 말하면 척하고 알아듣는 아이가 있지만, 그렇지 않은 아이도 있다. 이때는 귀를 기울일 때까지 몇 번이고 반복해서 말해 주어야 한다.

아무리 이야기를 해 줘도 듣지 않을 수 있다. 교사마다 이러한 상황을 해결하는 방법이 다를 것이다. 내가 그러한 상황에 있다면 나의 마음을 말로 표현할 것이다.

"가은아, 선생님은 가은이에게 계속 이야기를 했고 많은 기회를 주었어. 가은이가 선생님의 말을 귀 기울여 듣지 않아서 선생님의 마음이 좋지 않아. 가은이가 계속 이렇게 한다면, 선생님도 가은이의 말에 귀 기울여 듣지 못할 것 같아. 가은이는 선생님이 너의 말을 듣지 않으면 어떨 것 같아?"

해야 하는 일을 확실하게 말해 주고, 교사의 마음을 전달하며 상황을 가정해서 이해할 수 있도록 설명해야 한다. 이렇게 하면 일곱 살 아이의 경우에는 잘 알아들을 것이다. 일곱 살보다 더 나이가 어린 아이에게는 단문으로 해야 할 일을 하나씩 알려 주어야 한다.

1) 해야 할 일을 설명한다.

2) 잘 못 알아들으면 하나씩 짚으며 설명한다.

3) 아무리 말해도 교사의 말을 듣지 않는다면, 교사의 마음을 함께 전해라.

4) 상황을 가정하고 어떤 마음일 것 같은지 물어본다.

5) 혼자만의 시간이 필요할 때는 시간을 주고, 그다음에 이야기한다.

아이의 귀를 여는 방법은 간단하다

아이가 관심 있어 하는 주제에 대해 이야기를 나누면 된다

5장

마음을
읽음으로써의 변화

1

나는 행복한 유치원 교사입니다

나는 행복한 유치원 교사이다.

아이가 화장실에서 볼일을 다 봤다고 이야기하면 밥 먹다가도 바로 가서 닦아 줘야 하는 유치원 교사이다.

아이들 앞에서 항상 웃어야 하는 나는 유치원 교사이다.

혼자 있을 때는 힘들어서 무표정이다가도 뒤돌아서 아이와 부모님을 만나면 방긋 웃는 나는 유치원 교사이다.

전화할 때 목소리가 달라지는 나는 유치원 교사이다.

재활용품을 발견하면 아이들에게 얼른 가져다줘야지 하고 생각하는 나는 유치원 교사이다.

꽃잎이나 나뭇잎이 우수수 떨어지는 날에 아이들을 위해서 열심히 청소해야 하는 나는 유치원 교사이다.

모래 놀이터에서 아이들이 한바탕 신나게 놀고, 아이들이 놀았던 자리에 떨어진 모래를 쓸어야 하는 나는 유치원 교사이다.

사실 벌레가 싫고 무섭지만, 아이들 앞에서는 안 무서운 척, 강한 척하며 멋지게 벌레를 잡아야 하는 나는 유치원 교사이다.

먼저 해결책을 주고 싶지만 아이들을 믿고 기다려 주어야 하는 나는 유치원 교사이다.

정답을 알지만 모른 척하며 아이가 스스로 할 수 있도록 도와줘야 하는 나는 유치원 교사이다.

자그마한 상처에 울고불고하는 아이를 보며 공감하고 치료하며 달래줘야 하는 나는 유치원 교사이다.

화장실이 급하지만, 화장실보다 아이들이 먼저라서 꾹 참는 나는 유치원 교사이다.

하루에도 수십 번 성우가 되어야 하는 나는 유치원 교사이다.

색종이 접기, 그림 그리기, 체육, 영어, 수학 등 많은 것을 잘하는 슈퍼맨이어야 하는 나는 유치원 교사이다.

아이들 앞에서 음식을 골고루 다 먹어야 하는 나는 유치원 교사이다.

화가 난 아이의 마음을 진정시키고 이야기를 들어 줘야 하는 나는 유치원 교사이다.

나보다 아이들을 먼저 생각하는 나는 유치원 교사이다.

내 마음 다치는 것보다 아이들의 마음이 다칠까 염려하며 안아 주고 품어 주는 나는 유치원 교사이다.

혹시나 아이가 다칠까 염려하며 걱정하지만, 정작 손과 팔, 다리 등 언제 다쳤나 모르게 항상 상처가 있는 나는 유치원 교사이다.

몸과 마음이 아프더라도 금방 툭툭 털고 일어나야 하는 나는 유치원 교사이다.

병원에 갈 시간이 없어서 몸이 쑤시고 아프더라도 버텨야 하는 나는 유치원 교사이다.

아이의 마음을 꿰뚫어 봐야 하는 나는 유치원 교사이다.

무거운 짐을 옮기느라 팔 근육이 울퉁불퉁하고, 하루 종일 걸어 다니고 움직이느라 하체 튼튼이가 되는 나는 유치원 교사이다.

하루에도 수십 번 이 직업이 나와 맞는 것일까, 어떤 성장하는 점이 있을까 하며 생각하는 나는 유치원 교사이다.

아이들의 눈웃음 한 번에 힘든 마음이 날아가는 나는 유치원 교사이다.

아이들이 꼬깃꼬깃 만들어서 주는 편지나 그림에 감동하는 나는 유치원 교사이다.

언제나 말을 부드럽게 해야 하는 나는 유치원 교사이다.

오늘 하루 유치원에서 있었던 일을 생각하며, 아이들에게 실수한 것은 없었는지, 다음에는 아이들과 무엇을 하면 좋을지 생각하는 나는 유치원 교사이다.

내일은 아이들에게 더 좋은 영향을 줘야지 다짐하는 나는 유치원 교사이다.

가위질 실력이 남다른 나는 유치원 교사이다.

노래를 부를 때 꾀꼬리 같은 목소리를 내야 하는 나는 유치원 교사이다.

출근할 때는 분명 멀쩡했는데, 퇴근할 때는 어디 나사가 빠져 있는 것처럼 보이는 나는 유치원 교사이다.

처음에는 꾸미고 왔지만, 나중에는 땀이 나서 전과 다른 모습이 되는 나는 유치원 교사이다.

항상 아이들과 눈높이를 맞추느라 내 키보다 앉은키가 더 익숙한 나는 유치원 교사이다.

아이들과 역할 놀이를 할 때 배우가 되는 나는 유치원 교사이다.

똑같은 아이의 이름을 하루에 수십 번 넘게 부르는 나는 유치원 교사이다.

학부모나 동료 교사의 칭찬에 자신감을 가지는 나는 유치원 교사이다.

어제보다 더 나은 오늘이 되리라 다짐하는 나는 유치원 교사이다.

구두보다 운동화, 운동화보다는 크록스, 크록스보다 슬리퍼가 더 편한 나는 유치원 교사이다.

엉덩이가 깃털처럼 늘 가벼워야 하는 나는 유치원 교사이다.

꼬불꼬불한 줄을 곧은 한 줄 서기로 만드는 나는 유치원 교사이다.

잘 웃다가도 엄격할 때는 엄해야 하는 나는 유치원 교사이다.

한 아이마다 예뻐하고 사랑해야 하는 나는 유치원 교사이다.

아이가 무엇을 잘하고 좋아하는지, 어떻게 지냈는지 등 아이에 대한 기억을 잘해야 하는 나는 유치원 교사이다.

하루하루가 힘들고 고되지만, 아이의 웃음 한 방에 치료가 되는 나는 유치원 교사이다.

아이들이 성장하는 모습을 보며 나는 어떤 사람인지, 무엇을 좋아하는지 등 나의 삶에 대해서 생각하는 나는 행복한 유치원 교사이다.

순수한 아이들과 항상 마음껏 이야기를 나눌 수 있는 나는 행복한 유치원 교사이다.

유치원에서 내 이름으로 불릴 수 있는 나는 행복한 유치원 교사이다.

아이들이 두 팔 벌려 달려오면 언제든지 안아 줄 수 있는 나는 행복한 유치원 교사이다.

카멜레온처럼 다양한 색깔을 가진 유치원 교사

아이들을 위해 하루에도 수십 번씩 색을 변화시켜야 하는 우리는

아이들의 미소에 구름처럼 마음이 몽글해집니다

2

저도 스스로 할 수 있어요

아이는 스스로 할 수 있는 힘을 가지고 있다. 그리고 스스로 하고 싶어 한다. 유치원에서 수업할 때 먼저 설명을 하고 필요한 경우에 예시를 보여 준다. 예시를 보여 줘도 금방 까먹는다. 그래서 잘하고 있는지 한 명씩 확인한다. 말을 이해하고 잘하고 있는 아이들이 있고 엉뚱하게 하는 경우도 있다. 책의 예시를 보여 주며 설명하다 보면 여기저기서 소리가 들린다.

"내가!"
"내가 할래요!"
"나 할 수 있어요!"
"제가 한번 해 볼게요!"

도전 정신은 정말 중요하다. 어떻게 하는지 배워야 하는 과정에서 할 수 있음을 믿고, 해 보려고 하는 의지. 이 시대를 살아가는 어른들이 배워야 하는, 내가 아이들에게 본받아야 하는 점이다.

스스로 하고 싶어 하는 아이들은 공통점이 있다. 그건 바로 스스로 할 수 있는 환경과 기회가 주어졌다는 것이다. 가장 가까운 가정에서부터 이러한 기회가 주어진다. 생활하면서 기본적으로 해야 할 일을 스스로 해낼 수 있는 능력을 '자조 능력'이라고 한다. 자조 능력은 자존감 및 자신감과 연결되어 있다. 이는 삶에서 중요한 부분을 차지하고 있으므로, 영유아기 때 자조 능력을 기를 기회를 주어야 한다. 7세 정도가 되면 화장실에서 볼일을 보고 스스로 휴지로 뒤처리하는 것, 점심 식사를 준비하는 과정인 식판과 수저 챙기기, 손이 더러워지면 손을 깨끗이 씻는 것을 할 수 있어야 한다. 얼핏 보면 기본적인 생활, 누구나 스스로 할 수 있을 것이라는 생각이 들 때가 있지만, 아이들에게는 배우는 과정이다. 그래서 우리는 아이가 성장하는 과정에서 인내심을 가지고 스스로 할 수 있을 때까지 기다려 주고 바라봐 주어야 한다. 답답한 마음에 아이가 해야 할 일을 대신해 주면, 성장은 그것으로 마무리될 수 있다. 건강하게 잘 성장할 수 있도록 반드시 믿고 기다려 주어야 한다.

5시 하원 전 돌봄을 마치고 나면 아이들은 집에 갈 준비를 한다. 사용했던 놀잇감을 원래 있던 자리에 가져다 놓고 매트 위에 모여 앉는다. 교사가 호명하는 친구(색깔 요정: 색깔을 말하면, 해당하는 색깔이 있는 아이 먼저 출발한다./이름 부르기 등의 방법으로 호명한다.)는 자기 가방과 신발, 옷을 챙기고 후문 앞 나무 의자에 차례대로 앉는다. 마치 기계가 움직이듯 알아서 척척 잘한다. 보통 매트는 크기가 커서 교사가 정리하는데, 어느 날 문득 '아이들도 정리할 수 있지 않을까? 기회를 줄까?' 하는 생각이 들었다. 그래서 다음 돌봄 때 매트가 너무 무거워서 누가 선생님을 도와줄 수 있을지 물어보았다. 물음이 끝나는 동시에 모든 아이가 손을 들었다. 예상하지 못한 광경에 놀랐다. 그리고 아이들이 누군가를 도와주거나 무언가를 스스로 해 보려고 노력하는 모습에 감동하였다. 모든 아이에게 기회를 주고 싶어서 4~5명씩 한 매트를 들고 나를 수 있도록 하였다. 물론 크기가 큰 매트라 옮기다가 넘어질 염려가 있어서 나도 함께하였다. 매트를 옮긴 아이들은 뿌듯한 표정을 하며 다시 자리에 앉았다.

아이는 가정에서도 스스로 무언가를 할 수 있다. 함께 식사를 준비하기, 글을 잘 몰라도 혼자서 책을 읽을 수 있도록 하기, 설거지나 빨래, 청소해 볼 기회를 주기, 이부자리를 정리할 수 있도록 하기, 오늘 입을 옷을 아이가 고를 수 있게 하기, 내가 놀이한 놀잇감을 스스로 정리할 수 있도록 하기 등이 있다.

1. 함께 식사를 준비하기

요리하려면 먼저 재료가 필요하다. 아이와 함께 마트에 가서 장을 본다. 마트에 가기 전에 요리에 필요한 재료가 무엇인지 확인한 후에 실물 사진으로 알아본다. 이후에 시장이나 마트에 가서 임무를 준다. 어떤 재료가 필요한지 종이에 써 주어 찾아올 수 있도록 한다. 글을 모르면 그림으로 그려서 준다. 탐정이 된 아이는 여기저기를 돌아다니며 임무를 수행하기 위해 노력할 것이다. 임무를 완수하면 꼭 무한 칭찬을 해 주어야 한다. 자존감과 자신감이 향상될 수 있도록 격려한다.

마트에서 장을 봤으면 이제는 집에 돌아와서 요리한다. 사 온 재료를 세척하고, 다듬고 익힌다. 익히는 것은 어른이 하고 그 전 단계인 세척하기와 다듬기는 함께해도 된다. 재료를 손질할 때는 아이 전용 도구가 필요하다. 모양을 어른 기준으로 예쁘게는 못 하지만 나름대로 열심히 낸다. 익히기의 과정에서 심심하지 않도록 임무를 준다. 그것은 바로 식탁 준비하기이다. 행주로 상을 닦고, 수저를 필요한 만큼 놓는다. 음식이 모두 다 준비되었으면 이제 다 같이 모여서 식사한다. 식사를 마친 후에는 자기가 사용한 그릇을 싱크대에 가져다 놓는다. 더 나아가서 혹시 설거지하는 것을 원한다면, 위험하지 않은 선에서 허락해도 좋다. 분명 이러한 과정을 경험하면서 배움을 얻는 뜻깊은 시간이 될 것이며 자조 능력이 향상될 것이다.

2. 혼자서 책을 읽어 보기

책을 읽어 주는 것이 좋지만, 아이가 혼자서 책을 읽어 보게 하는 것도 중요하다. 어른이 읽어 줄 때는 보통 정해진 내용, 글을 읽는다. 그러나 아이가 책을 읽을 때는 상상력이 발휘될 수 있다. 특히 글을 모르면 더욱더 자기만의 세계가 펼쳐진다.

아이는 보통 집중력이 짧지만 자기만의 방법으로 책을 읽는다면 책 한 권을 금방 뚝딱할 수 있다. 이때 책을 제대로 읽은 게 맞는지, 왜 이렇게 빨리 읽었는지를 물어보면 안 된다. 책에 대한 흥미를 잃게 될 것이다. 책을 다 읽으면 어떤 친구가 나왔는지, 무슨 내용인지, 책을 읽고서 어땠는지 정도는 물어봐도 된다. 그것이 책 내용과 거리가 멀어도 대화할 수 있는 주제가 있음에 감사하며 이야기를 나누면 된다. 말하면서 자기 생각을 정리할 수 있게 될 것이며 말을 점점 조리 있게 잘하게 될 것이다.

3. 이부자리를 혼자 정리해 보기
사용한 이불을 스스로 정리할 수 있도록 한다. 이불에 대해 '내 것'이라는 애정이 생길 것이고, 내가 사용한 이불을 정리하는 것을 당연하게 생각할 것이다. 정리를 해 봐야 중요성을 알게 되고 일상에서 자연스럽게 정리하는 습관이 배일 것이다. 그리고 내가 스스로 무언가를 했다는 것에 엄청난 뿌듯함을 느낄 것이다.

4. 오늘 입을 옷을 아이가 고를 수 있도록 하기
'엄마'라면 공감할 아침은 늘 분주하다. 여자아이라면 오늘 입을 옷에 더 신경을 쓸 것이다. 유치원에서 등원 맞이를 하는 중에 어떤 아이 어머니께서 이렇게 말씀하셨다.

"오늘 얘 동생이 옷을 너무 오랫동안 골라서 늦었어요. 어차피 처음에 골랐던 곳으로 입을 거면서 왜 이렇게 오랫동안 고민하는지."

'둘째가 입고 싶어 하는 옷으로 고르려고 한참 고민했나 보다. 아이의 어머니께서는 답답한 심정이었겠지?'라는 생각이 들었다. 그런 후에 둘째가 스스로 무언가를 하는 것을 잘한다고 느꼈다. 이처럼 오늘 입을 옷을 직접 고를 수 있도록 하는 것도 자조 능력을 길러 주는 것에 큰 도움이 된다. 엄마는 아이의 요구에 어쩔 수 없이 들어줘야 하는 상황일 수 있지만, 그럼에도 수용하면 그 과정에서 스스로 무언가를 할 수 있다는 믿음이 자라난다. 그리고 자기가 고른 옷이 마음에 든다면 그날은 자신감이 올라가 있는 기분 좋은 하루가 될 것이다.

5. 내가 놀이 한 놀잇감 스스로 정리하기

보통 부모는 집안이 장난감으로 어지럽혀져 있으면 정리하려고 한다. 그러나 놀이하고 있을 때는 장난감을 정리하지 않는 것을 추천한다. 지나다닐 수 있는 길이 없으면 길을 만드는 정도는 괜찮지만, 그게 아니라면 정리하지 않는 게 좋다. 아이가 놀이에 몰입하고 있을 때 갑자기 부모가 정리하면서 개입하게 되면 놀이가 멈추게 된다. 사용하지 않는 장난감이라고 생각해서 정리했을 때, 이따가 놀이 하려고 남겨 둔 놀잇감이 사라졌다고 생각할 수 있다. 놀이 과정을 존중해 주어야 하며 자조 능력을 기르기 위해 스스로 정리할 수 있도록 해야 한다. 부모가 정리를 대신해 준다면, 그리고 그것이 반복된다면, 정리하는 사람은 부모라는 것이라는 당연함을 느끼게 될 것이다. 나쁜 습관이 형성되는 것은 쉽지만 좋은 습관을 들이기는 시간이 걸린다. 어렸을 때부터 좋은 습관을 들일 수 있도록 기회를 주어야 한다.

어렸을 때 스스로 할 수 있는 환경에서 자란 아이들은 나중에 어른이 되어서도 어떠한 어려움이 삶에 찾아왔을 때 넘어져도 금방 다시 일어설 수 있다. 우리는 이것을 '회복 탄력성'이라고 한다. 우리가 생각했을 때 사소하고 별거 아닌 일들이 아이들에게는 큰 발판이 되는 것이다. 정말 위험한 일이 아니라면 스스로 해 볼 수 있도록, 생각 주머니를 넓혀 갈 수 있도록 존중해 주어야 한다.

스스로 한 경험이 많을수록

아이의 내면은 더욱 단단해집니다

3

오늘의 마음 날씨는

오늘 내 마음의 날씨는 뿌듯함이다. 돌봄 시간에 아이들의 수가 평소보다 적었다. 그래서 비교적 넓은 공간이 확보되었고 강당에서 '무궁화 꽃이 피었습니다'를 하며 열심히 뛰어놀았다. 교육 과정 시간과 방과 후 시간에 이미 내 체력은 거의 다 소진되어서 또다시 땀을 흘리는 것을 원하지 않았다. 그러나 해맑게 내 주변을 빙글빙글 맴돌며 뛰어놀고 있는 모습을 바라보며, 쿵쿵거리는 마음을 진정시킬 수 없었다. 그래서 마음 가는 대로 열심히 놀아 주었다. 2차 하원 전 돌봄 시간이 끝난 후 교무실에 갔더니 선생님들께서 내 모습을 보시며 괜찮냐고 하셨다. 아이들을 놀아 준 후에는 몰골이 말이 아니었다. 그러나 뿌듯함으로 가득 차서 너무 기쁜 마음에 괜찮았다.

유치원에 출근하는 길에 엘리베이터에서는 이웃 주민들을 만난다. 어떤 분께서 내게 질문을 하셨다.

"유치원에서 일한다고 했나? 일하는 건 좀 어때?"

한 곳을 바라보며 질문에 대해 곰곰이 생각하다가 살포시 입을 뗐다.

"음. 몸과 마음이 힘들지만, 그래도 아직은 할 만해요."

그러자 다시 질문을 하셨다.

"유아교육 맞는 것 같아?"

유아교육이 맞는 것 같냐는 질문이 내 마음 속 깊은 곳을 두드렸다

"아직은 천직이라는 생각이 들지는 않아요. 그냥 일하고 오면 몸과 마음이 지치지만, 유치원에 가서 아이들을 보면 좋아요."

아직은 딱 이뿐인 것 같다. 내가 유아교육을 위해서 뭔가 '희생하리라! 이것은 하고 떠나겠다!'라는 생각이 확실하게 들지는 않는다. 유아교육에 발을 들인 지 얼마 되지 않은 햇병아리라 그런가? 지금 단계는 배우는 과정이라서 삶을 살면서 더 생각해야 하는 중요한 부분이라는 생각이 들었다.

매일 아침 8시가 되면 유치원 교사 카톡방에 오늘 날씨가 올라온다. 날씨와 관련된 일을 담당하는 선생님께서 아침마다 오늘 날씨와 미세먼지에 대한 정보를 올려 주신다. 어느 날은 그 카톡 내용을 보면서 문득 이런 생각이 들었다.

'내 마음의 날씨는 무엇이지? 오늘은 상태가 좀 괜찮은가?'

오늘의 내 마음의 날씨는 알다가도 모를 맑은 날에 비 내리는 날? 보통 이런 날씨를 호랑이가 장가가는 날이라고 말한다. 내 마음을 이렇게 표현한 이유는 상태가 괜찮으면서도 힘든 것 같은 느낌이 들었기 때문이다.

매일 꾸준히 자신의 마음 상태를 들여다보는 것은 중요하다. 그것이 유치원 교사든, 어떤 사람이든 말이다. 건강한 마음을 가지는 사람이 되는 첫 번째 관문이다. 대학교 2학년이 마무리될 때쯤 내 인생 최대의 고비가 있었다. 소중한 사람을 떠나보내게 되었다. 그때 정신줄을 잘 잡을 수 있도록 도와준 것이 바로 나의 마음을 살피는 일이었다. 오늘 어떤 하루를 보냈는지, 감정 상태가 어떤지, 재밌는 에피소드는 무엇이었는지 인스타그램이나 일기장에 기록하였다. 사람에게 털어놓는 것보다 혼자 생각을 정리하는 것을 좋아하는 나에게 최적화된 방법이었다. 키보드 위에 놓인 손가락이 바쁘게 움직이며 글을 써 내려가면서 지난 시간을 돌아보는 것이다. 이러한 방법을 활용하면서 보완해야 할 점을 파악하기도 수월했다.

　하루에 많은 사람을 만나는 유치원 교사는 아이들의 마음을 알아주기에 바쁘다. 동료 교사의 힘든 마음을 들어 주기에 바쁘다. 정작 내 마음을 들여다보는 시간은 갖지 못한 채 해야 할 일을 하며, 피곤한 상태로 잠이 들고 새로운 날을 맞이한다. 자기의 마음을 들여다보는 것은 중요하고 반드시 해야 한다. 교사의 마음 상태가 건강하지 않으면 아이에게도 흘러 들어갈 것이다. 그리고 마음이 아프면 몸도 아플 것이다. 사람의 마음은 뇌와 연결되어 있어서 마음가짐이 무엇보다 중요하다. 몸이 아프면 병원에 가서 치료받으면 된다. 그러나 마음이 아프면 치료를 받기가 힘들다. 정신과에 가면 되기는 하지만, 결국 마음을 다잡아야 하는 것은 '나'다. 자신의 역량이기에 마음이 다치기 전에 미리 준비하는 것이 좋다. 미리 마음이 다치지 않게, 회복을 잘할 수 있도록 단단하게 만들어야 한다. 어려운 상황이 왔을 때 금방 회복할 수 있는 상태가 되어야 한다.

　나의 마음 날씨를 살펴볼 때 이러한 질문을 한다.

1. 오늘 나의 기분은 어떤가?
2. 내 기분에 영향을 미치는 일이 있었나?
3. 왜 그런 감정이었나?
4. 후회하는 일이 있는가?
5. 후회한다면 그 이유는 무엇인가?
6. 감사한 일이 있는가?
7. 배운 점, 깨달은 점이 있는가?
8. 오늘 하루 나를 위해서 상태를 점검했는가?

내 마음의 날씨가 흐림일 때는 추가적인 질문을 한다.

1. 왜 기분이 좋지 않은가?
2. 나는 보통 어떤 상황에서 기분이 좋지 않은가?
3. 나는 언제 행복한가?
4. 나는 무엇을 좋아하는가?
5. 무엇을 해야 기분이 좋아지는가?
6. 나는 어떤 장소를 좋아하는가?
7. 왜 그 장소를 좋아하는가?

기분이 좋지 않을 때에는 왜 그런지 상황을 돌아본다. 그리고 내가 좋아하는 것을 생각한다. 마음 상태가 점점 나아지고 상처받았던 곳이 아물기 시작한다. 마음 날씨가 항상 맑음일 수는 없지만, 비가 와도 다시 해가 뜰 수 있기를. 안개에 해가 가려지다가도 안개가 걷히고 다시 해가 빼꼼하며 나올 수 있기를. 맑은 날씨가 되려면 행복해야 한다. 행복해지려면 나의 감정과 마음 상태를 알아야 한다. 나는 글을 쓰는 것과 그림 그리는 것을 좋아해서 원하는 방법대로 기록한다. 어떤 때는 글을 쓰고 때로는 그림으로 하루를 기록한다. 생각을 정리하면서 마음이 편안해진다. 화가 나는 일이 있을 때도 기록하다 보면 화가 난 원인이 무엇이었는지, 지금 내 마음은 어떤지, 보완해야 하는 점은 무엇인지에 대해 객관적으로 바라보게 된다. 그렇게 오늘의 마음 날씨는 내일의 마음 날씨를 준비하는 것으로 마무리되는 것이다.

오늘 나의 기분은 어떤지, 이유가 무엇인지 하루는 어땠는지
들여다보는 것은 반드시 필요합니다.

당신의 마음의 날씨는 어떤가요?

$$\textbf{4}$$

유치원에 놀러 오는 아이들

유치원을 졸업한 아이들이 왜 다시 유치원으로 올까? 유치원에 달달한 꿀을 발라 놓았나? 유치원과 아이들은 마치 자석의 N극과 S극처럼 보인다.

5월이 되면 '스승의 날'을 맞이해서 유치원으로 찾아온다. 5월이 아니어도 유치원으로 찾아오는 아이들이 있다. 선생님에 대한 감사한 마음을 전하려고, 선생님이 보고 싶어서 찾아오는 것이다. 일하다가 선임 선생님을 뵙기 위해 온 모습을 보면서 어린 시절이 떠올랐다.

유치원 졸업 이후의 나는 다른 지역으로 이사하기 전, 4학년 때까지 유치원 선생님이 생각나면 유치원으로 향했다. 나에게 잘해 주셨던 선생님, 내 마음을 알아주었던 분을 뵙기 위해 반가운 마음으로 가는 것이다. 사실 유치원에 가면 딱히 할 게 없다. 유치원에 갈 수 있는 시간은 교육과정과 방과 후 과정이 끝나고 아이들이 모두 집에 가고 난 후였다. 보통 선생님들은 청소하고, 일과를 마무리하신다. 초등학생인 졸업생이 와서 재잘재잘 이야기하는 것을 들어 주는 일은 어쩌면 선생님에게 또 하나의 일을 드리는 게 아닌가 하는 생각이 든다. 선생님은 하루가 늘 행복했던 것처럼 밝은 얼굴로 나를 맞이해 주셨다.

내가 유치원 선생님을 좋아했던 이유를 생각했다. 선생님은 내 마음을 잘 알아주셨다. 그리고 아이들이 무엇을 좋아하는지 정말 잘 알고 계셨다. 중학교 3학년 때 담임 선생님께서 좋은 선생님은 학생들에게 단호해야 할 때는 확실하게 단호하고, 풀어 줄 때는 잘 풀어 주는 선생님이라고 하셨다. 나에게 유치원 선생님은 그런 분이셨다. 잘못한 아이에게는 따끔하지만 부드럽게 하시고, 우리가 놀아야 할 때는 자유롭게 풀어 주시는 분이셨다. 그래서 유치원 선생님이 좋았다. 어떤 아이가 자기 마음을 잘 알아주는 선생님을 안 좋아할 수 있을까?

내가 유아교육을 전공하게 된 이유. 어린 시절 추억 속에 계시는 유치원 선생님의 영향이 크다. 몇몇 유치원 교사를 꿈꾸는 사람들에게는 공통점이 있다. 어렸을 때 유치원에 대한 좋은 기억을 가지고 있다는 것이다. 주변 사람들의 이야기를 들어 보면, 유치원이나 어린이집을 다녔을 때 선생님에게 받았던 사랑이 너무나도 따뜻하고 좋아서 나중에 어른이 되면 그런 유치원·어린이집 교사가 되겠다고 다짐한 사례도 있다.

　유치원을 졸업하면 큰 산 세 개를 넘어야 한다. 초등학교, 중학교, 고등학교. 유아기에는 조금만 가능성을 보이고 잘해도 칭찬을 많이 받는다. 점점 초등학교에서 고등학교까지 갈수록 칭찬의 빈도수가 줄어든다. 유치원 다닐 때는 칭찬을 받던 부분이 조금 나이를 먹고 다른 새로운 것을 배우다 보니 잘해야 하는 게 당연하게 되었기 때문이다. 유치원에서처럼 내 마음을 그 누구보다 잘 알아주고 헤아려 주었던 선생님을 초·중·고 등학교에서는 볼 수가 없었다. 괜찮은 선생님이 있었긴 했지만 유치원 선생님만큼은 아니었다. 어쩌면 유치원에 찾아오는 아이들은 자기의 마음을 알아달라고, 헤아려 달라고 오는 게 아닐까? 마음을 털어놓기 위해서, 안정감을 찾기 위해서 자연스럽게 발길이 유치원으로 향하는 걸까?

　유치원에서 바쁜 하루를 보내고 있던 나는 문득 하나의 생각이 떠올랐다.

'아이들이 내년이 되면 유치원을 찾아올까?'
'아이들이 나를 찾아올까?'
'만약 찾아온다면 나에게 어떤 말을 할까?'

돌봄 준비를 하며 곰곰이 생각하는 중에, 키가 작고 마른 체형의 남자 아이가 나를 향해 두 팔을 벌리며 콩콩 뛰어온다. 내 앞에 도착한 아이는 나를 꼭 안아 준다. 새끼 원숭이처럼 너무 귀여웠다. 해맑게 나에게 뛰어 온 이유가 궁금해서 아이에게 물어보았다.

교사: "지우야, 너 선생님 좋아해?"
지우: "(해맑게 웃으며) 네!"
교사: "내가 왜 좋아?"
지우: "그냥요."

아이는 이유 없이 그냥 내가 좋다고 대답을 해 주었다. 숨겨져 있는 이유가 있지 않을까 하는 생각이 들어서 다시 물었다.

교사: "그냥 말고 진짜 이유 없어?"

지우: "음…… 선생님은 잘 놀아 주시잖아요! 그리고 웃겨요. 아, 그리고 또 있다! 선생님은 얘기를 잘 들어 주니까요."

교사: "뭐야, 처음에는 그냥이라며! 고마워, 지우야. 오늘 지우가 한 말 덕분에 너무 힘이 난다."

평소에 유치원 아이들에게 친근하게 대화하는 나는 장난스럽게 이야기했다. 마지막에는 진심으로 고마운 마음을 전했다. 이렇게 교사를 좋아하는 이유는 분명하다. 이야기를 잘 들어 주어서, 잘 놀아 주어서. 내 편이 있다는 사실이 얼마나 큰 힘이 되는지 자그마한 아이들도 아는 것이다. 좋은 추억이 머무르는 곳은 다시 찾아오기 마련이다. 좋은 기억을 심어 주기 위해서는 이렇게 해야 한다.

1. 아이의 말을 진심으로 경청하기

2. 공감하기

3. 친근하게, 그러나 만만하지는 않게 하기
- 아이와 친근하게 대화할 수 있지만, 만만하지는 않게 해야 한다. 아이와 교사는 친구가 될 수 없다. 그러나 친구처럼 사이가 가까워질 수는 있다. 그 속에서 아이와 교사와의 선은 분명히 지켜야 한다. 선을 넘으면 아이는 교사가 편한 나머지 버릇없게 행동할 수 있다.

4. 칭찬 많이 해 주기
- 교사의 말 한마디에 아이의 기분이 결정된다. 자신감과 자존감을 높여 주는 사람이라면 분명 좋아할 것이다.

초등학생이 되어서도 유치원에 놀러 오는 아이들

따뜻한 추억을 선물해 준 선생님 덕분입니다

어서와 ~
얘들아 ~~ ☺

5

정성과 소중, 그 사이

아이가 만든 작품이 교사에게 얼마나 소중할까?

정성이 들어간 것은 귀하고 소중하다. 아이들은 자기가 만든 작품을 선물할 때가 있다. 고맙다고 말하며 아이의 마음에 감동하는 교사. 정성이 들어간 유아의 작품이 교사에게 얼마나 소중할까? 소중하게 생각할 수 있지만, 유아가 생각하는 것만큼, 유아의 마음만큼은 소중하지 않을 수 있다. 얼마나 그것에 의미를 부여하느냐에 따라서 다르다.

여러 아이의 이야기를 들어야 하고 관심을 주어야 하는 교사에게 아이 한 명 한 명을 생각하는 것은 어려운 일이다. 그러나 어렵다는 것에 그치지 않고 노력해야 한다. 마음이 건강하지 않을 때도 작품 안에는 어떤 의미가 담겨 있는지 궁금해야 하고 물어보아야 한다. 생각을 많이 할수록 생각 주머니가 확장되고, 말을 많이 할수록 말을 점점 더 잘하게 된다. 교사가 어떻게 반응하느냐에 따라서 아이가 성장하는 것에 영향을 줄 수 있다.

아이가 주말에 어떤 일이 있었는지를 그림으로 표현했을 때, 교사는 유아가 어딘가를 다녀왔고 무언가를 했다는 것을 알 수 있다. 그러나 그때 아이의 마음이 어땠는지, 어느 정도였는지, 얼마나 소중한 추억인지를 실제 아이의 마음만큼은 이해할 수는 없을 것이다.

'정성'이란 '온갖 힘을 다하려는 참되고 성실한 마음'이다. 즉, 진심을 가득 담았다는 것이다. '정성'은 사람 간의 관계를 연결하는 돌다리라고 생각한다. 진심이 전해지면서 그 사람에 대해서 더 알게 되며 좋아하는 것을 알게 되고, 그렇게 가까워지는 것이다.

나무 블록, 종이 상자, 색종이 등으로 슈퍼마리오에서 본 것들을 모방해서 만들기를 한 아이에게 어떤 것을 만들었는지 물어보았다. 만든 것을 하나씩 자세하게 설명하는 아이의 눈은 마치 호수에 빛이 비친 것처럼 반짝였다. 그만큼 진심이다. 이때 아이가 하는 말을 진심으로 경청해야 한다. 마치 선생님도 아이와 같은 마음으로 그것을 소중하게 생각하고 궁금해한다는 것을 표현하는 것이다.

소풍 가는 날이 되면 엄마들은 분주해진다. 아이들은 엄마가 오늘은 어떤 도시락을 싸 주실지 잔뜩 기대한다. 엄마들은 아이가 도시락을 행복하게 먹을 수 있도록, 아이의 의견을 반영하여 준비한다. 여자아이들은 산리오 캐릭터를 좋아한다. 소풍 갔을 때 나는 아이들의 도시락을 보며 너무 놀랐다. 몇몇 여자아이들의 도시락에는 산리오 캐릭터들이 있었다. 친구에게 먹어 보라며 권유하는 아이들의 입가에는 미소가 끊이지 않았다. 너무 행복해 보였다. 가정에서 준비해 주신 도시락을 맛있게 잘 먹은 아이들은 뿌듯한 표정을 지었다. 어쩌면 '나에게 정말 소중한 거예요.'라고 말해 주는 것 같았다.

몇몇 아이들은 색종이 접기를 잘하지 못한다고 하며 접어 달라고 도움을 요청한다. 교사에게 색종이 접기는 별게 아니지만, 아이에게는 별거다. 아이가 진심으로 원하는 것이기 때문이다. 교사는 재밌게 놀고 싶은 아이의 마음을 헤아리고 부탁을 들어준다. 단지 접어 달라는 부탁을 들어준 것뿐인데 아이의 기분은 하늘을 날아가듯이 좋아지고, 점점 놀이가 확장되는 모습을 보면서 뿌듯함을 느낀다. 마음을 알아줌으로써 아이의 기분이 좋아지고, 그 모습을 보는 교사의 마음에 울림이 일어나는 것이다.

교실 지원하러 가면 아이들이 종이와 연필을 들고 내 주변을 맴돈다. 남자아이들은 슈퍼마리오나 포켓몬 캐릭터, 여자아이들은 산리오 캐릭터를 그려 달라고 이야기한다. 갑자기 화가가 된 나는 아이들의 부탁을 들어주느라 바쁘다. 하나, 둘씩 그림을 그려서 건네주면 받아서 색칠한다. 어떤 아이는 가위로 오려서 종이 인형으로 만든다. 종이 인형의 옷을 만들어 주고, 집을 만들고, 갑자기 아이스크림을 그려서 준다. 다른 아이들도 그림을 색칠하고 잘라서 함께 인형 놀이를 한다. 내가 그린 그림으로 즐겁게 놀이 하는 모습을 보면 나도 같이 행복해진다.

그림 그리는 것을 좋아하는 나는 캐릭터를 보고 제법 비슷하게 그릴 수 있다. 그러나 때로는 똑같이 그리지 못할 때가 있다.

> 교사: "단비야, 이거는 원본과 다른 것 같은데 괜찮니?"
>
> 유아: "단비야, 선생님 힘드시니까 그냥 받아. 선생님이 잘 그리려고 하셨는데 잘 안 되셨나 봐."

그림을 요청한 아이의 옆에 있던 다른 아이가 하는 말을 듣고 웃음이 빵 터져 버린 나는 한동안 배가 아플 정도로 웃었다. 내 마음을 어떻게 알았는지, 마치 어르신이 말씀하시는 것처럼 말하는 모습을 보며 웃음을 참을 수가 없었다. 그림을 요청한 아이는 나의 진심을 알고 그림을 받아 갔다. 다시 돌아오면서 "선생님, 저 그러면 다른 캐릭터도 그려 주세요." 라고 말한다. 나의 정성이 담긴 그림을 여러 아이에게 나누어 주며 즐거 웠다. 나의 진심을 알았는지 어떤 아이는 자기가 그린 그림을 선물해 주 었다. 그렇게 서로의 정성이 연결되어 사이가 더 가까워지는 느낌이 들 었다.

이렇게 정성이 들어간 것은 소중하다. 특히 자기가 한 것은 더욱 그렇 다. 서로에게 선물하는 것은 서로의 마음을 따뜻하게 채워 준다. 아이 마 음의 방은 이러한 일들로 인해 변한다. 마음의 크기나 구조가 점점 변화 하는 것이다. 나 또한 아이들에게 기쁨을 줄 수 있어서 내 마음의 방도 변화하는 것을 느낄 수 있었다.

꼬깃꼬깃한 아이들의 작품

정성스러운 마음은 값을 매길 수 없습니다

6

20km, 30km, 50km 속도는 다르지만
그래도 가기는 가는데요

같은 말을 여러 번 해야 인지하는 아이들이 있다. 분명 조금 전에 이야기했는데, "선생님, 이제 뭐 해야 해요?"라고 묻는다. 관심 없는 말이면 흘려듣는다. 요즘 아이들은 옛날보다 듣기 능력 수준이 낮다. 의사소통 부분의 전체적인 면에서 그런 특징을 보인다. 인내심을 가지고 다시 설명한다. 내가 계속 이야기를 하다 보면 달라질 수 있을 것이라는 믿음을 가지면서 말이다. 20km, 30km, 50km 속도는 다르지만 아이들 삶 속에서 나름대로 점점 나아가고 있다.

처음 유치원에서 일하게 될 때는 연령 돌봄을 해야 한다는 소식에 막막했다. 이제 사회생활에 첫발을 내디딘 사람에게 주어지는 과제가 연령 돌봄이라니. 내가 과연 잘 해낼 수 있을지 깊은 고민을 하였다. 그러나 매일 돌봄을 하다 보니 익숙해졌다. 어느 정도 일이 숙련된 것이다. 놀이 하기 전에 약속을 정하고 놀이를 시작하는데, 처음에는 어리바리하던 나와 아이들은 이제는 전보다 성장하였다. 아이들 앞에서 "놀이 하기 전에 첫 번째 약속!"이라고 하면, "걸어 다녀요!", "뛰지 않아요!"라고 하며 약속 내용을 기억하고 말한다. 모든 아이가 약속에 관심을 가지고 기억하는 것은 아니지만, 소수라도 약속의 중요성을 알고 기억하고 지키려고 하는 모습이 예뻐 보였다. 이러한 부분에서도 서로의 속도는 다르지만 얼마든지 달라질 수 있음을 알 수 있었다.

같은 나이인 아이들은 모든 면에서의 발달 수준이 다 같을까? 사람마다 각자 살아온 환경이나 지원받은 부분, 태생적으로 다른 부분이 있기에 모두 같을 수는 없다. 그리고 아이마다 성장하는 속도가 달라서 서로 다른 부분이 정말 많다.

유아기는 친구들에게 질투심을 많이 갖는다. 열등감이라고 해야 하나? 자기가 잘하지 못하는 것을 다른 사람이 잘하는 부분에 대해서 질투심을 가지고 자기도 잘해 보려고 어떻게든 노력한다. 노력했음에도 불구하고 잘 이루지 못하면 금방 포기한다. 이때 교사와 부모는 아이에게 충분한 격려와 용기를 주어야 한다. 우리는 모두 다르다. 타고난 것도 다르고, 잘하는 부분도 다르다. 반드시 틀린 게 아니라는 것을 알려 주어야 한다.

포기하지 않고 계속 도전하다 보면 언젠가는 달라질 수 있다는 것을. 지금보다 더 나은 모습이 될 수 있다는 것을 이야기해 주어야 한다. 그러나 이것이 교사나 부모의 욕심이 앞서서, 더 잘해야 한다는 부담감이나 압박감을 심어 주면 안 된다. 그저 아이의 흥미가 조금이라도 있을 때, 흥미가 10 중에서 2라고 하면 3, 4가 될 수 있도록 이끌어 주는 것이다. 아이가 정말 하기 싫어서 흥미를 잃어서 그만두려고 하는 것인지, 흥미가 있지만 잘하지 못하는 자기의 모습에 속상해서 하지 않으려고 하는 것인지 잘 살펴보아야 한다.

어렸을 때 두 살 터울의 오빠가 부러웠다. 무엇이든지 척척 해내는 오빠는 나보다 잘하는 것이 많아 보였다. 왠지 비교의 대상이 되어 버린 오빠에게 질투심을 느꼈다. 그래도 내가 하고 싶은 것을 포기하지 않았다. 그림을 그리고 싶으면 하고, 피아노를 치고 싶으면 그냥 했다. 성장하는 데 있어서 나의 비교 대상은 다른 사람이 아니라 오직 내가 되어야 한다. 과거보다 얼마나 나아졌는지를 봐야 한다.

어떤 부모는 다른 집 아이와 자기 아이를 비교한다. 옆집 누구는 말을 참 잘하고, 수학이나 영어를 참 잘하는데 내 아이는 어떻게 해야 하지 막막함이 몰려온다. 정작 아이의 내면 소리는 듣지 않은 채 말이다. 사실 속도는 별로 중요하지 않다. 성장하는 과정에서 얼마나 관심과 지원을 받았느냐가 중요하다고 생각한다. 예를 들면, 다이어트를 하기 위해서 열심히 운동하는 두 사람이 있다. A는 식단 조절을 하면서 건강한 식습관을 기본으로 꾸준히 운동을 열심히 한다. B는 최소로만 먹고 열심히 운동한다. 후자가 더 체지방을 빨리 낮출 수는 있겠지만 전자의 사람이 더 건강할 것이다. 섭취해야 하는 충분한 요소를 기본으로 꾸준히 운동했기 때문이다. 아이들의 성장도 마찬가지이다. 다른 사람들보다 뒤에 있다는 생각이 들어서 서둘러서 하게 된다면, 정작 유아기에 꼭 필요한 것을 충분히 채우지 못할 수 있다. 사람마다 성장하는 속도가 다르므로 그 부분을 생각하고 존중하며, 속도에 맞추어 적절히 성장해야 한다.

학기 초에는 놀이 시간이 끝난 이후에 놀잇감을 바로 정리하는 아이들보다 더 놀이 하고 싶어서 정리하지 않는 아이들이 많았다. 학기의 중반 정도 되니 이제는 정리할 때 들려주는 노래를 들으면 바로 정리하는 모습이 보인다. 한 줄 기차를 하라고 하면 줄을 잘 서지 못했던 아이들이, 이제는 살짝 곡선의 모양이 있기는 하지만 제법 일자로 바르게 줄을 서기 위해 노력한다. 우리가 성장하는 과정에 있어서 중요한 것은 바로 '반복'이다. 하나의 좋은 습관을 들이기는 쉽지 않지만, 계속 반복을 하다 보면 어느새 내 모습이 변화되어 있다. 이처럼 아이들은 이전 모습에서 얼마든지 달라질 수 있다. 교사와 부모는 이런 아이들의 유한한 가능성에 관심을 기울이고, 변화할 수 있음을 기대해야 한다. 아이들이 건강하게 성장할 수 있도록 언어적인 상호작용을 활발하게 해야 한다.

　때로는 기다려 주다가 포기하고 싶은 생각이 들 수도 있다. 그럴 때는 아이가 예전에 비해 어떤 점이 달려졌는지를 떠올리면 좋다. 아이가 성장하는 과정을 생각하다 보면 용기를 얻을 수 있다. 답답한 마음이 들 수도 있다. 그러나 답답한 마음에 억지로 하게 한다면 아이는 상처를 받을 수도 있다. 예를 들어, 아직 꽃봉오리만 생기고 꽃이 열리지 않았는데 억지로 꽃잎을 잡고 열게 되면 꽃잎이 찢어져서 바닥에 떨어질 수도 있다. 성장하는 속도가 달라서 예측할 수 없지만, 언젠가는 꽃이 피는 것은 당연하기에 가능성을 열어 두고 기다리는 것이 중요하다. 분명 꽃이 활짝 예쁘게 필 때가 온다.

사람은 인생의 개화 시기가 다릅니다

서로 속도는 다르지만

나름대로 점점 앞으로 나아가고 있습니다

7

저는 관심이 필요하지 않아요

모든 아이에게 관심을 주어야 할까? 관심을 주어야 한다고 말하는 유아기에 관심이 필요하지 않을 때도 있다. 나쁜 마음을 가지고 교사의 관심과 눈길을 사로잡으려고 하는 아이가 그중 하나다. 지속적인 관심을 준다면, 관심을 받는 것에 즐거움을 느끼면서 하지 말아야 하는 행동을 계속할 수 있다. 그러나 교사는 반에 있는 아이들이 모두 안전하고 건강하게 성장할 수 있도록 해야 하는 책임이 있으므로, 이 부분을 고려해야 한다.

무언가에 몰두하고 집중하는 아이에게도 관심을 보이면 안 된다. 관심을 주는 것을 지양하라는 말은 결코 내버려두거나 무시하라는 의미가 아니다. 아이가 자기만의 세계에 있을 때 건들면 흥미가 떨어질 수 있고 방해가 될 수 있기 때문이다. 과한 관심을 주면 오히려 독이 될 수 있다.

교실에서 혼자 놀이 하는 아이를 볼 수 있다. 같이 놀 친구가 없어서 혼자 놀이 하는 아이가 있을 수 있으므로 주의해서 잘 살펴보아야 한다. 그러나 그냥 혼자 놀고 싶어서 홀로 있는 경우도 있다는 것을 알아야 한다. 이러한 유형의 아이는 골똘히 생각하다가 놀이에 필요한 교구를 챙겨서 무언가를 뚝딱뚝딱 만든다. 자발적으로 혼자 놀이 할 때는 어느 정도 자기가 하고 싶은 것, 생각한 것을 이루면 교사가 먼저 다가가지 않아도 교사에게 다가와서 무엇을 만들었는지, 왜 이것을 만들었는지, 어떤 기능이 있는지 소개한다.

한 아이가 담임 선생님의 관심을 끌기 위해서 지나가는 아이들의 어깨를 자기의 어깨로 툭툭 친다. 이를 당한 아이들은 목소리를 높여 먼저 시작한 아이를 이른다. 장난은 끝이 없다. 의자에 바르게 앉아 있는 모습을 볼 수가 없다. 일어서 있는 것인지 누워 있는 것인지 모를 정도로 의자에서 특이한 자세로 있는다. 의자를 껄떡거리며 지나가는 아이들을 불편하게 한다. 교사는 이를 보고 아이에게 친구들이 불편해하니까 하지 말자고 이야기한다. 교사의 말을 잘 듣나 했더니, 또다시 그 행동을 반복한다.

어느 날 아이가 나에게 "선생님은 우리 반에서 누구 제일 좋아해?"라고 물었다. 반에 있던 거의 모든 아이의 눈길을 한 몸에 받고 있어서 대답을 회피했다. 그러자 아이는 꼭 대답을 들어야겠다고 다짐했는지, 내가 가는 곳을 따라다니면서 대답할 때까지 "선생님, 왜 대답을 안 해? 선생님이는 누구 좋아하냐고?"라고 물었다. 그러자 이 모습을 보고 있던 담임 선생님께서 나에게 "지금 자기 좋아한다고 대답해 달라고 하는 거예요."라고 말씀하셨다. 사실 나도 그 아이가 자기를 좋아한다고 대답하기를 원하는 것을 알고 있다. 그러나 그 한 번의 대답으로 인해서 다른 아이들의 마음에 상처를 입힐까 봐 그게 걱정이 되었다. 끈질기게 누구 좋아하냐고 묻는 아이에게 "너 좋아하지. 예승이 좋아하지."라고 말해 주었다. 그러다가 다른 아이들의 시선이 신경 쓰여, 이어서 "그런데 선생님은 여기에 있는 친구들 다 좋아하는데?"라고 말하였다. 그러자 아이가 "치! 선생님 미워!"라고 말하면서 삐진 티를 냈다.

어쩌면 아이는 관심이 필요했던 게 아닐까? 많은 사랑을 받고 싶어서 갈구하는 모습처럼 보였다. 사랑과 관심이 정말 필요한 시기에 충분히 받지 못해서 퇴행하는 모습이다. 이럴 때는 교사의 지원으로만 아이가 나아질 수는 없다. 가정과의 연계가 잘 이루어져야 아이가 점점 나아질 수 있다.

관심이 필요하지 않은 아이 중에는 쑥스러움이 많은 유형이 있다. 이 아이들은 보통 말할 때도 들릴까 말까 하는 개미 같은 목소리를 낸다. 적당한 관심은 좋지만, "목소리를 조금 더 크게 내 봐."라는 말을 반복해서 강조하면, 아이의 마음 문이 닫힐 수 있다. 아직 누군가의 앞에서 당당하게 말할 준비가 되지 않았는데, 이 시기를 기다리지 못하고 정리해 버리면 아이는 포기할 것이다.

관심이 필요하지 않아 보여서 관심을 주지 않았는데, 의외로 관심을 주어야 하는 유형이 있다. 가정에서 관심을 잘 주지 않아서 관심을 받지 않는 게 익숙한 유형이다. 이 부분에 대해서는 교사는 주의를 기울이고 안전하지 않은 환경에 있는지 반드시 확인해야 한다. 가정 폭력과 연결되어 있을 수 있기 때문이다. 레이더를 가동해서 아이들에게 얼마나 관심을 주어야 하는지 판단하고, 어떻게 아이가 안전하고 건강하게 할 수 있는지 고민해야 한다.

관심이 필요하지 않은 아이도 있다는 것에 담긴 의미

1. 관심이 필요해서 과도하게 행동하는 아이
– 관심을 주지 않다가 어느 정도 진정이 되면 서서히 관심을 주어야 한다.

2. 쑥스러움이 많은 아이
– 이러한 유형의 아이들에게는 적당한 관심을 주어야 한다. 적당함의 기준이 어렵기는 하지만, '살짝 관심'이라고 표현하면 어느 정도 감이 올 것이다.

3. 더 주의 깊게 살펴봐야 하는 아이

― 사람에게 관심을 받는 것이 익숙하지 않은 아이들이 있다. 가정에서 사랑과 관심
  을 받고 있는지 잘 살펴보아야 한다. 그것을 넘어서서 가정 폭력이 의심된다면 반
  드시 신고해야 한다.

관심도 필요할 때 주어야 한다

척척 박사님 도와주세요

아이들에게 '질문'이 왜 꼭 필요할까? 질문이란 무언가를 알고자 하는 바를 얻기 위해 묻는 것이다. 어렸을 때부터 아이에게 질문을 잘하는 것은 중요하다. 물론 아이가 질문할 때도 대답을 잘해 주어야 한다.

질문하면 할수록 아이의 생각 주머니는 점점 커진다. 마치 풍선이 부풀어 오르듯 점점 넓어진다. 영아의 질문에는 대답을 잘해 주지만, 유아의 질문에는 역질문할 필요가 있다. 유아기는 영아기보다 보고 느끼고 들은 것이 많아서 그들의 생각을 들어 보고 알 수 있기 때문이다.

아이는 질문을 잘한다. "왜?"를 하루 종일 할 정도로 정말 많이 한다. 사소한 부분까지도 궁금하기 때문이다. 사람에게 관심이 많은 아이는 그 부분을 놓치지 않고 꼭 질문한다. 그렇게 자신이 얻고자 하는 정보를 얻는다.

유치원에서 교사를 대상으로 컨설팅이 있었다. 전 장학사님께서는 나에게 이런 피드백을 해 주셨다.

"교사는 유아를 가르쳐서는 안 됩니다. 무언가를 계속 알려 주려고 해서는 안 됩니다."

'교사'는 한자로 가르칠 교, 일 사인데 교사가 유아를 가르쳐서는 안 된다니 무슨 의미일까?

유아에게 지식 전달자의 역할을 주로 하지 않아야 한다는 말이다. 유아에게 질문함으로써 교사가 정답을 주는 것이 아닌, 유아가 직접 질문을 통해 깨달을 수 있도록 해야 한다.

어쩌면 어른에게는 뻔한 질문일 수 있다. 뻔한 질문이라는 것은 이미 우리가 아는 정답이 아이를 통해 나올 수 있다는 것이다. 우리에게는 생소하게 느껴질 수 있는 질문이지만 아이들에게는 정말 인생의 배움에 있어서 중요한 질문이라는 것을 알아야 한다.

유아기의 아이들은 개구쟁이가 많다. 하지 않아야 할 행동인 것을 충분히 알면서도 관심을 끌기 위해서 장난한다. 한 아이가 쓰레기를 쓰레기통에 넣는 것을 귀찮아하며 바닥에 버려도 되는지 물었다.

지아: "선생님, 쓰레기통이 너무 멀리 있는데 여기에다가 그냥 버려도 돼요?"

교사: "지아야, 쓰레기를 그냥 바닥에 버려도 되는 걸까?"

지아: "아니요."

교사: "그럼 쓰레기는 어디에 버려야 할까?"

지아: "쓰레기통이요."

교사: "맞아. 쓰레기는 쓰레기통에 넣어야 해. 지아는 쓰레기통까지 가는 게 힘들었구나? 그래도 쓰레기통에 버려야 교실이 깨끗해질 수 있어."

질문은 유아의 생활 어디에서든지 할 수 있다.

미술 활동 시간에 해바라기를 주제로 그림을 그렸다. 자기 생각을 그림으로 막힘없이 술술 잘 표현하는 유아가 있는 반면에, "선생님, 잘 모르겠어요. 못 그리겠어요. 저는 그림을 잘 못 그려요."라고 말하며 그림 그리기를 거부하는 유아가 있었다. 나는 아이에게 다가가서 할 수 있다는 믿음을 심어 주었다.

교사: "지아야, 어떤 것을 그려야 할지 모르겠어?"

지아: "네. 너무 어려워요."

교사: "그럼 선생님이랑 하나씩 한번 떠올려 보자."
"지아가 해바라기꽃을 보러 갔다고 생각해 보자. 거기에는 누구와 함께 갈 거야?"

지아: "가족이랑, 음…… 토끼도 같이 가도 돼요?"

교사: "그럼, 당연하지! 해바라기꽃을 가족과 토끼랑 보러 갈 거야?"

지아: "네!"

교사: "해바라기꽃을 가족과 토끼와 보러 가면서, 그곳에서 무엇을 하고 있어?"

지아: "해바라기꽃 향기가 좋아서 계속 향기 맡고 있어요."

교사: "그럼 그곳에는 해바라기꽃, 가족, 토끼만 있어? 또 다른 것도 있니?"

지아: "위에는 구름하고 무지개하고 해가 있어요. 새가 하늘을 날아다녀요."

교사: "하늘에는 구름, 무지개, 해가 있구나. 하늘을 날아다니는 새가 있구나! 새는 어디로 가고 있는 거야?"

지아: "새도 해바라기 꽃향기 맡으러 가고 있어요."

교사: "아하~ 새가 해바라기 꽃향기가 궁금해서 가는 거야?"

지아: "네!"

교사: "그러면 지금 지아와 선생님이 나눈 이야기, 지아가 떠올린 모습을 종이에 그려 보자."

지아: "그런데 선생님, 저는 그림을 잘 못 그려요."

교사: "지아야, 선생님은 그림을 잘 못 그리는 사람은 없다고 생각해. 그것은 사람이 생각하는 기준이고, 선생님이 생각했을 때는 그 어떤 사람이든 그림을 자기가 생각한 대로 표현하는 것은 아주 멋지고 훌륭하다고 생각하는데 한번 그려 볼래? 선생님은 지아만의 그림을 보고 싶어."

유아와 그림에 대해서 이야기를 나눈 후, 슬픈 눈을 하고 있던 아이는 웃는 눈을 하며 열심히 종이에 연필로 끄적였다. 그림을 다 그리고 나에게 와서 자기가 그린 그림을 열심히 소개해 주었다. 나는 아이가 그림에 자신감을 가질 수 있도록 칭찬을 해 주었다.

질문을 하는 것 자체는 힘들지 않다. 아이들이 어려워하는 부분을 교사에게 부탁할 때가 있다. 꽤 많다. 평소에 자기가 해 보지 않은 것, 새로운 것을 시도하는 것을 어려워하고 두려워하는 아이가 있다. 아이가 충분히 할 수 있는 것이라면 격려하여 도전할 수 있도록 해야 한다. 아무리 계속해도 되지 않을 때, 정말 못 하겠을 때 아이에게 도움을 주어야 한다.

정리하자면, 아이가 교사에게 질문하는 것을 다시 질문하면 된다. 아이의 입장에서는 '선생님이 왜 내가 물어본 것을 다시 질문하시지?'라고 생각할 것이다. 그리고 마침내 깨달을 것이다. 자기도 충분히 도전할 수 있다는 것, 해낼 수 있다는 것을 말이다. 아이는 그렇게 변화하며 성장한다.

상상력과 창의력을 기르는 방법!
'질문'하면 됩니다

에필로그

이 책을 집필할 수 있도록 힘을 내고 도전할 수 있었던 이유는 사랑받았던 어린 시절 덕분입니다. 저는 어렸을 때 매우 외향적이었습니다. 그래서 동네 어른들과 매우 친했습니다. 할머니를 따라 경로당에 가서 이웃 할머니, 할아버지들과 윷놀이를 하였습니다. 함께 밥을 먹기도 했습니다. 푹푹 찌는 더운 여름날에는 은혜 이용원에 들어가 시원한 에어컨 바람을 쐬며 아이스크림을 먹고 만화책을 보기도 했죠. 손님들이 제가 딸인 줄 착각할 정도로 놀러 가는 단골이었습니다. 학원 차를 기다리며 정육점에 들어가 주인 아저씨와 근황에 관해 이야기하였습니다. 세탁소에 들어가 주인 아주머니의 손녀와 함께 아주머니의 집에서 신나게 놀았습니다.

지금 떠올려봐도 정말 따뜻한 추억이라고 생각합니다. 어른들은 제가 그렇게 해도 단 한 번도 화를 내시거나 막지 않으시고, 늘 사랑으로 두 팔 벌려 반겨 주셨습니다. 아직도 어렸을 때 살았던 동네에 가면 인사를 드리러 찾아갑니다. 없어진 가게가 있어서 아쉽기도 하지만, 아직 남아 있는 가게를 보면 반가운 마음에 어렸을 때처럼 문을 활짝 엽니다. 힘들었을 때, 정말 한없이 펑펑 눈물이 날 때 잘 버티고 이겨 낼 수 있었던 이유는 많은 사람의 사랑을 받았기 때문이라고 생각합니다. 그만큼 어렸을 때 받는 사랑은 정말 중요하고 큰 영향을 줍니다. 그래서 저도 이 세상을 살아가고 있는 자라나는 새싹들에게 물과 따뜻한 햇살이 되고 싶습니다.

뉴스에 나오는 좋지 않은 상황을 자세히 들여다보면 가해자의 삶은 여러모로 빈곤합니다. 그중 정신적인 부분, 가정적인 부분이 한몫합니다. 어렸을 때 건강하고 좋은 경험을 많이 하면, 어른이 되어서도 사회적으로 문제를 일으키지 않을 수 있습니다. 건강하게 사는 방법을 알아 가고, 노력하기 때문이지요. 그래서 어린아이들에게 많은 사랑을 주어서 세상 사람들이 건강하고 따뜻한 삶을 살기를 바랍니다.

어른보다는 어린이가 좋은 습관을 들이기가 훨씬 수월합니다. 스케치북에 비유하면 어른은 이미 그림이 그려져 있는 단계이고 어린이들은 아직 선을 긋는 단계입니다. 어린이들이 햇살 같은 그림, 사랑이 가득한 페이지로 남기를 바라며 지금처럼 하루하루 열심히 살아가는 제가 되기를, 여러분이 되기를 바랍니다.

이 책을 완성할 수 있도록 도움을 준 울고 웃으며 많은 시간 동안 함께한 우리 가족, 외가 친척, 친구들. 무턱대고 가게 문을 열어도 늘 반갑게 맞이해 주시던 은혜 이용원 주인 아저씨와 아주머니. 목마를 때 물 마시러 가도 편하게 있을 수 있도록 해 주신 부동산 아주머니. 지금은 사라졌지만 과거에는 남아 있는 동네 어른 친구였던 정육점 주인 아저씨, 세탁소 주인 아저씨와 아주머니. 늘 자신의 손녀딸인 것처럼 많은 관심과 사랑을 주시던 경로당에서 함께 추억을 만든 할머니들과 할아버지들. 쫀드기를 사면 난로 위에서 맛있게 구워 먹을 수 있도록 해 주시고, 처음으로 교회에 갈 수 있도록 연결 다리를 해 주신 피아노 원장님. "원장 아빠잖아."라고 하며 아이들에게 친근하고 따뜻하고 장난기가 가득하셨던 푸른나라 미술학원 원장님. 저녁 시간이 되면 혹시나 아이들이 배고프지 않을까 걱정하며 맛있는 주먹밥을 만들어 입에 쏙 넣어 주시던 푸른 나라 미술학원 원감님. 그리고 이외에도 저와 함께 시간을 보낸 사람들. 책을 출간할 수 있도록 도움을 주신 나다움스쿨 최영원 작가님, 미다스북스 대표님과 담당 편집자님, 미다스북스 직원분들. 덕분에 꿈을 이룰 수 있게 되었습니다. 감사합니다.